说文探艺

张从海 著

花山文艺出版社
河北·石家庄

图书在版编目（CIP）数据

说文探艺 / 张从海著. -- 石家庄 : 花山文艺出版社, 2020.2 （2023.8 重印）
ISBN 978-7-5511-4092-8

Ⅰ. ①说… Ⅱ. ①张… Ⅲ. ①文艺评论－中国－当代－文集 Ⅳ. ①I206.7-53

中国版本图书馆CIP数据核字(2020)第015221号

书　　名：说文探艺
SHUOWEN TANYI
著　　者：张从海

责任编辑：卢水淹
责任校对：李　鸥
封面设计：宋丕胜
美术编辑：王爱芹
出版发行：花山文艺出版社（邮政编码：050061）
（河北省石家庄市友谊北大街330号）
销售热线：0311-88643221/29/31/32/26
传　　真：0311-88643235
印　　刷：北京一鑫印务有限责任公司
经　　销：新华书店
开　　本：700mm×1000mm　1/16
印　　张：12.5
字　　数：130千字
版　　次：2020年2月第1版
2023年8月第2次印刷
书　　号：ISBN 978-7-5511-4092-8
定　　价：60.00元

作者近照（2019夏）

省文联办公室（2001 年）

挥毫的乐趣（2005 年）

2006 年 10 月河北省文艺家赴江西井冈山采风

2003 年 8 月参加中国艺术报记者站工作会议秦皇岛留影

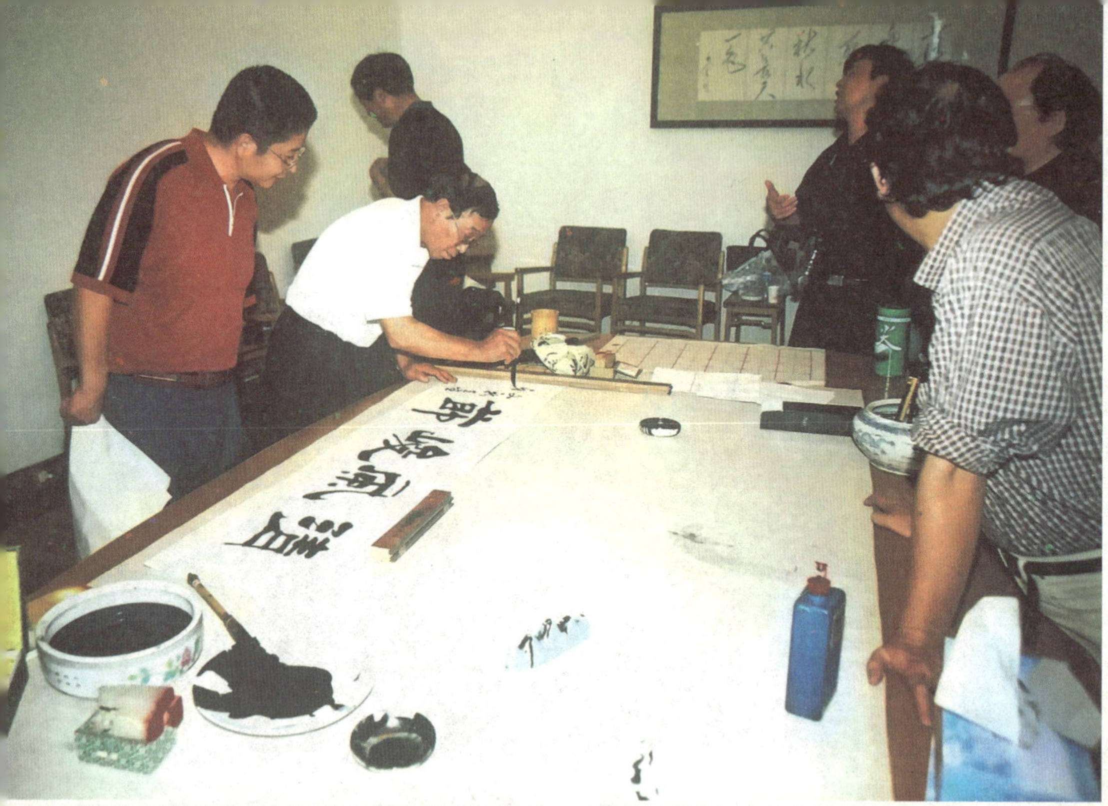

鸡泽县参加文化下乡

2002 年 5 月唐山参加冀东水泥厂慰问演出活动

1997 年与省文联主席、诗友浪波在黄山之巅

2019 年 11 月
与老诗人申身在
居所新文里合影

2009 年参加省庆祝建国六十周年书法展

序

封秋昌

张从海先生要出一本评论集，嘱我写序，尽管心中忐忑，鉴于几十年的相知相交，岂有不允之理。心中忐忑，因我实在没有把握写得令自己和从海老友满意；而慨然允诺，一是老友的信任，二是此系从海的第一本评论集，可喜可贺，故不揣浅陋而为之。

屈指算来，与从海相识已将近 40 年之久。20 世纪 80 年代初，我在衡水地区文联主办的《农民文学》杂志社工作，并且和已故诗人姚振函同屋办公，因为他经常提及张从海的名字及其诗作，我便知道了作为诗人的张从海。1982 年，没想到《小说选刊》转载了他的小说《梨花月》，作品鲜活的人物形象、生动的群众语言、浓郁的生活气息和地方特色，给我留下了极为深刻的印象，我多次向业余作者推荐。1984 年，我调到河北省文联《文论报》编辑部，与从海成了同一单位不同部门的同事。1989 年我和从海搬进了同一座楼同一单元同一楼层，做对门邻居达 6 年之久。

在多年的相交相处之中，从海留给我的印象是：性格内向，不事张扬，低调做人，踏实做事，尤其有一种求真务实的精神，一事不明，便反复探究，打破砂锅问到底，而绝不盲从。比如 20 世纪八九十年代兴起了一股气功热，一些气功杂志宣扬气功的威力，说给破裂的鸡蛋发气，便可让裂纹愈合而完好如初。许多人对此深信不疑，而从海则要亲自试验。有一次我到家里找他时，恰好看到他正在做此项试验。正是这种求知、求真的科学精神和韧劲儿，才成就了他的多才多艺。从海用过的笔名，多与海和水有关，如纳川、丛海、浩海等，其中多用纳川，显然是取“海纳百川”之意。从海对“水”情有独钟，也表明了他坚持低调做人、踏实做事的处世态度。老子有言：“上善若水。水善利万物而不争，处众人之所恶，故几于道。”

我自以为对从海很了解，但当我读完了他的这本评论集，才知道自己对他的了解实在是不够全面，特别是对他的人生经历、深厚的学养以及艺术造诣缺乏足够的认识。比如，我不知道他初中毕业后辍学曾在家务农，不知道他曾经写过剧本并公开出版，不知道他的小说得过省级奖，不知道他曾经出版过小说集。还有，知道他练习书法，但直到他的《纳川书法选》出版，我才知道从海不是一般的书法爱好者，而是颇有造诣的书法家，但他自己从不以书法家自诩，等等。

由于他低调做人，不事张扬，所以提起张从海，人们大多只知道他是个诗人，其实，应该说他是个文艺“全才”，在诗歌、戏剧、小说、绘画、书法诸多艺术领域，都取得了可喜的成绩：1965 年创作的快板剧《谁的席》、1971 年创作的剧本《小哨兵》，都参加了当年的河北省文艺调演，并被评为优秀剧目，后者 1975 年由河北人民出版社出版。诗歌方面，出版诗集《二月兰》（中国文联出版公司 1988 年 12 月出版）和诗集《草根》（花山文艺出版社 2000 年 9 月出版）。2000 年 11 月，由河北省文联和河北省作协联合召开“《草根》研讨会”，得到与会者的肯定和好评。小说方面，出版小说集《爱的方式》（花山文艺出版社 1991 年出版），其中，《梨花月》被权威选刊《小说选刊》转载，并获得 1982 年度“四化建设新人新貌奖”（省级奖，系河北省文艺振兴奖前身）。书法方面，有《纳川书法选》出版。如今，又有文艺评论集《说文探艺》即将付梓，如此等等，谁能说从海不是“文艺全才”呢？故，此非虚言，乃名副其实也。

这本评论集分为三辑：第一辑为“艺术评论”，主要是对河北省的著名书画家的评介，凡 9 篇；第二辑为“文学评论”，计有诗歌、小说、散文等评论，凡 17 篇；第三辑为“评我拾遗”，凡 8 篇。全书共计 34 篇。文艺评论不是从海的主业，他只是偶尔为之，所以这数量不多的评文，却是他从 20 世纪 70 年代至今 40 多年来陆陆续续写就的。

从海不是职业评论家，他的评论不是从理念出发，不是用某种理论去套作品，而是以自己真切的艺术感受为依据，抓住作家和作品的新颖独特之处，进行鞭辟入里、实事求是的具体分析。这一特点，在其“艺术评论”部分，表现得最为充分。如对黄绮、熊基权、姚小尧、陶佛锡等著名书法家的师承及其书法特点，把握得很准确，分析得也很透彻，具有很强的说服力。

这些评论文章时间相隔如此之长，但读来却没有陈旧、隔膜、前后互否的感觉。究其原因，是张从海先生有自己一以贯之的文艺观念和评价作家作品的标准，而绝不“随风转”。但他并不因循守旧，墨守成规，主张“守成法而不拘泥于法”。从他的评论中，可以看出他对西方现代和后现代派的文学观念、创作方法有所研究，并有所取舍，但从总体上看，他所坚持的是开放的现实主义的文学观。他说：“诗只是社会生活作用于人之后的精神反映，是生活的‘折射’，而绝非生活的写实记录。脱离生活的虚幻空想，很难引起读者的共鸣，但一味真实地、平面地陈述描绘，也很难展现诗的灵光。”由此可以看出，从海既强调社会生活之于创作的源泉作用，又力避机械唯物论和纯客观的“写实记录”；他重视创作主体在创作中的作用，认为作品是生活的“折射”，但又反对“脱离生活的虚幻空想”；他重视作家艺术家的个性，但又强调其真情实感能引起社会共鸣，即具有社会意义及普遍性。

具体说来，从海的评论可以用四个字来概括：一曰真，二曰新，三曰深，四曰美。

从海强调 “真”，一是社会生活之真，二是作家艺术家所传达的情感之真。而社会生活之真，不能只是客观写实之真，更重要的是社会生活及其时代的精神特征之真；从海强调的

“真情实感”，不仅仅是作家艺术家个人的真实情感，而且要从“小我”之中见出“大我”来，也即上面提到的能引起“读者的共鸣”。从海强调的“新”，即要求作品具有个人的独特性、巧妙性和新鲜性。从海所说的“深”，是指作品立意高，内涵丰富，能否做到这一点，取决于作家艺术家对生活的体验、认识是否深刻，是否捕捉到了时代的本质特征和精神风貌，取决于作家艺术家是否具有“纯洁的心灵，高尚的情操”，否则，便“很难写出打动读者的作品”。从海强调“美”建立在“真”的基础之上，而虚假则无美可言。在“真”的前提下，要做到情理交融一体，用他的话说，就是“情化的理”与“蕴理的情”，而“所有的情和理都要通过形象表达”，以避免直露和概念化；此外，语言要简练。这就是他所说的“情真、象美、意藏、言凝”。而上述四者，即所谓“真、新、深、美”者，又应该“融为一体”，密不可分；否则，就会导致“文非一体，鲜能备善”矣！

张从海先生就是拿着这融而为一的“四把尺子”，对作家作品进行着品味和评判。这里特别应该指出的是，张从海先生深谙艺术的辩证法，他说“艺术的绝对完美便意味着消亡”，这是很有见地的。明乎此，他不求全责备，只要作品具有一定的真实性和独特性，他便予以肯定，同时也实事求是地指出其不足。

行文至此，意犹未尽。然张从海先生的为人为文，大抵也约略可见，那就听从老子的教诲，“多言数穷，不如守中”，故不赘言。

2019 年 8 月 13 日

目　录

艺术评论

文学评论

附 录

评我拾遗

艺术评论

于无声处说黄绮

2004年6月21日，在黄绮九十华诞之时，河北省委领导批示：“黄绮先生为繁荣与发展祖国的文化事业做出了很大贡献，应予大力宣传。”这一天，河北省委有关领导分批去看望了黄绮。河北省委宣传部、省社科院、省文联联合举办了隆重的祝贺活动，同时，组织召开了黄绮书法艺术研讨会。笔者有幸参加了这次活动，并主持了这次书法艺术研讨会。会上数十名学者、书家、高校学生以及黄绮亲友，都从不同角度，对黄绮先生的学术成果、艺术成就以及人品艺德给予了极高的评价，给笔者留下了深刻的印象。集学者、诗人、书家、印人于一身的黄绮先生，以其深厚的学养和卓越的成就，造就了河北的文化品牌，为燕赵大地创造了一批极为珍贵的文化财富。

学者黄绮

黄绮，号九一，祖籍江西修水，1914 年 5 月 4 日出生于安徽安庆市潜山县青龙村，是北宋著名诗人、书法家黄庭坚的三十二世孙。黄绮出身于书香门第，从 5 岁起即背诵唐宋诗词，不到 10 岁便养成了练字的习惯，每天早起蘸着一碗清水在磨平的大方砖上练字，直到水尽笔干才去吃饭。黄绮学字从颜、柳入手，后学“二王”，中学以后再按历史往上推，由汉到周秦，直到甲骨，这就为他以后的文字研究、书法艺术奠定了坚实的基础。

黄家曾是安庆有名的木材商户,因日军入侵而家道落败。但生性好学的黄绮并未因家事变故而放弃自己的追求，在抗日战争年代，他辗转流离大后方，到昆明复学，就读于西南联大。1940 年毕业后留校工作，做闻一多的研究助理。后考入北京大学研究院，攻读古文字专业。毕业后曾在中法大学、安徽大学、津沽大学、天津师范学院、天津师范大学、南开大学、河北大学等高校任教。

作为学者的黄绮，经过几十年潜心研究和不断探索，在古汉语研究方面，形成了自己独特的学术理论。先后出版了《解语》《说文部首讲解》《说文解字三索》等多部著作。其中《说文解字三索》是他较为突出的一部巨著，是他在做研究生时就开始构思并用蝇头小楷一字一字写就的。这是一部研究中国汉字发展历史的专著，书中详细阐述了中国古汉字的字形、字音、字义的演变过程，对于探索中国文字的规律与特点，有很多独到的见解和诠释，具有很高的人文价值和学术价值。除此之外，黄绮还发表了大量有关的论文及著述，其中一篇为《论古韵分部及支、脂、之是否应为三》，曾受到我国著名语言学家王力的肯定与赞扬。他研究语言文字，多有发明和发现，这固然与他多年养成的治学严谨的习惯有关，但更重要的是他具有作为学者的高度社会责任感。他在回忆这方面的研究时曾说，他进行研究有两个目的：一是为教学服务，把新的研究成果写进教材内；二是揭露在语言文字研究中人为的伪科学。他在杂文集《片言录》中曾说："读书人的头脑不能是吸尘器，而要做一台缝纫机，把针针线线连缀成千万样式的美丽的服装。"从这里我们会感受到，黄绮之所以在其他艺术领域也能取得斐然成就，是因为他有一个中国学者所具有的治学精神和科学态度。这绝非当今那些自称大师的艺术匠人和投机者所能比拟的。

诗人黄绮

当今书坛，大都认为，书法艺术能表达书家的情感，但在注重线条的表情特征外，对文字载体避而不谈。大部分书家往往只能借古人诗词为载体，极少书写自己创作的诗词。这种文学素养的缺失，因普遍存在早已见怪不怪。而黄绮先生的书法作品多见于自己创作的诗词和有感而发的感言。即使旁款文字中，也无不透露出作者深厚的学养。

作为诗人的黄绮，早在抗日战争年代就在白色恐怖下挥洒诗词；作为热血青年，他也曾“激情义奋，长夜吟哦”，故而有了他的“夜吟馆”。在西南联大期间，他曾写了不少长短句，胜利后，他试用口语按曲牌写了一些小令，词集名为《归国谣》，曲名为《无弦曲》，后由清华大学出版社出了合集。其中《遣怀》诗有“离怀亲病犬，贫意护饥鹰”联句，深得闻一多的赞赏，称其有“杜甫的沉郁”，并称其《蝶恋花·广土》“有侠气”。新中国成立后写的诗文在“文革”期间丢失了，后又重写了很多七绝，辑成了《短绠集》。黄绮的诗词，不仅韵律严谨，且意境高远，大都有感而发，情感真挚，字里行间浓郁的爱国情绪和文人的赤子之心，今天读来，仍有较强的感染力。王学仲曾对他的词评价说：“读了作者的词，我发现他既能雅言，又善俚语，其雅处不失隽语，其白处老妪能解。他的诗词和他的书法一样，要自出机杼，学于古而不背乎今，用力气地学习传统，而又力图突破。他的坚韧，他的勇气，不正是词林中难能可贵的一家吗？”

在黄绮的诗词创作中，除抒情言志外，很突出的一部分是对书法艺术的评议和自己感悟的记录。其中记叙自己学书历程与体会的《水调歌头·学字》曾被多篇评介文章引用。在书法用笔方面，他主张用笔不一定只守中锋一法，笔可取得刀刻效果，笔锋可以向左（写竖画）、向上（写横画），笔腹随之相应地向右、向下。用锋处，画边必须齐整；用腹处，画边可残缺，极似篆刻单刀法。故曾题诗句：“刻印学书妄好高，雄奇清丽树新标。兴来书石刀如笔，触纸却求笔似刀。”短短四句却表达他在篆刻和书法上的独特审美追求。

在书法方面，黄绮主张字外功夫，曾说，书写到一定阶段，想再提高一步很不容易，原因在何处？以诗答之：“功夫多面始能精，不是危言应细听。胸有奇书和秘画，气掀墨海笔吞鲸。”此外，在论书诗中，对历代书家，如欧阳询、颜真卿、怀素、苏轼、黄庭坚、郑燮、金农、邓石如等均有以诗的形式评议，对他们的艺术特点，用诗的语言进行了高度的概括，体现了他独特艺术视角和见解，给读者留下了深刻的印象。

书家黄绮

就社会影响广泛而言，大多数人还是从书法上认识黄绮的。这不仅是他担任过中国书协副主席、河北省书协主席，更主要的是他的书法艺术实践曾取得了辉煌的成果，大量的书法作品以其独特艺术风貌赢得了世人的欣赏与称赞。

“学字从唐始，入晋自无难。忽然特喜汉魏，濡笔几多年。抛弃斯翁纤弱，沉醉两周六朝，姿态重如山。殷契近原始，取彼利刀尖。　　好奇险，贪丑拙，不需妍。不择毛锥软硬，触纸间方圆。回到宋元涉猎，顿悟有清知变，大胆叛前贤，篆隶草行简，融我笔毫间。”这是黄绮《水调歌头·学字》词，短短95个字，道出了他的学书历程及创新意识。

黄绮在长期的书法实践中，熔铸百家，博采众长，创“铁戟磨砂体”，独步书坛，形成了自己的独特风貌，故在日本有“黄体”之说。“铁戟磨砂”自“折戟沉沙铁未销，自将磨洗认前朝”的诗句演化而来，既体现了字体刚健，笔画雄拙（如锥画沙）之外在风貌，也包含着笔接古源、古风今貌之内在意蕴。王学仲先生曾称："黄绮先生的书法艺术贵在独创了'铁戟磨砂体'，自成体系与风格。这种字体实为一取甲骨文之锋利，二取钟鼎文之凝重，三取汉隶之古丰，四取北魏之方劲。创造出自成一体的篆风，被中国书法界称为'北派书风'。"

在黄绮的行书作品中，被其称为"三间书"的作品，占有一定的数量。所谓"三间书"是指其行书介于"篆隶之间、汉魏之间、行草之间"。笔者以为，所谓三间书，并非平均分配，从笔法上多取汉隶为主，而字形由汉隶的横向取势变为秦篆的纵向取势，字体结构中，常常加进篆意、行意，在点画上，撇、捺、折笔处，多取魏碑之开张、方劲，故字体常瘦劲挺拔，而草法则是根据章法的节奏而作为点缀。显然，这种"三间书"曾受过郑燮的影响，他在一首咏郑燮诗中写道："郑燮无须比郑虔，我称郑燮是书仙。楷行参隶新三绝，飘逸纵横别有天。"如果我们把郑燮的书法与"三间书"作一对照，就不难发现，郑燮的"楷行参隶"再加上其"乱石铺街"的章法，确实形成了自己的独特风貌。但由于不同的审美追求，同样掺杂，自会形成不同的艺术风貌。郑燮多用夸张的笔法竭尽变化，使长者更长，扁者更扁，斜者更斜，正者更正，粗粗细细亦真亦草，亦隶亦篆，再掺入画兰竹的笔法，多见长撇大捺，使作品于稚拙中充满谐趣。而黄绮多了魏碑之刚健，甲骨之锋利，字形该长则长，该短则短，并无过分夸张，故使作品显得雄健而威严，奇拙而清拔，这也是作者长期追求"雄、奇、清、丽"的结果。

黄绮在书法理论的研究方面，也有自己的独到见解和贡献。诸如提出了以意象论为核心的书法审美理论。有的学者称这个理论“具有体系性、原创性和审美性三个特点”。其中心思想就是在意象论的理论框架内，突出书法形象在书法创作、书法欣赏中的主导地位与作用，强调了书法形式审美的重要性，认为书法内容的价值与审美作用需要首先在形式中积淀，然后通过形式来实现，从而便有“寓形”和“化形”之说。他认为：“书法家的造型有这么两种：一种是把他们的思想感情纳入笔画结构当中，化成一种超然物外的形象；一种是把山川草木鸟兽虫鱼寓意式地隐现在笔画结构当中，寄予一种‘似与不似’的形象。我们可以把前者叫作‘化形’，后者叫作‘寓形’。两者都是造型的高境界。”（《黄绮书法论文选》）这是黄绮通过长期书法创作实践，对中国书法的历史、现状及未来走向作整体把握后，形成的理性思考和艺术见解。

此外，他还研究了物理力学与书法之间的美学联系，写出了《论书法之力的美》；他研究建筑艺术、造型艺术可供书法借鉴的艺术原则，写出了《书法造型说》；他从光学、美术学、哲学入手，探讨书法创作中如何恰当运用笔的节奏、墨色的浓淡，如何把握方圆、长短、斜正等诸多既对立又统一的矛盾范畴，写出了《笔姿、墨彩、黑白》；他还将对绘画的精心考察融入书法研究，写出了《释“书画同源”》。在《黄绮论书款跋》一书中，更能体现这位学者型书家对书法艺术进行多角度、全方位研究的成果与思考。

印人黄绮

篆刻与书法都是以汉字为载体的民族艺术。历代篆刻大家，无一不是在书法领域多有建树者。而由于黄绮书法成就卓著，往往遮掩了他对篆刻艺术的贡献。其实，黄绮在创作大量书法作品的同时，也为后人留下了一批极具艺术价值的篆刻作品。单《黄绮刻印集》中收入的各类代表性作品就有175件之多。黄绮对篆刻艺术的兴趣，几乎是与书法同步发展的。他在《黄绮刻印集》自述中，曾这样记述："娃娃弄刀，带些危险性，但不一定都是坏事。我家住在安庆小南门外长江边，相距不到十户人家有一个石刻铺子，我喜欢观看两位老师傅戴着老花眼镜雕刻墓碑铭文，总觉得刀刻的字比用毛笔写的字好看得多，漂亮得多，特别是隶书和楷书。回家后，试着用刀在石板上'写'字。读初中时，认识些篆书，开始练习刻印，购买印谱，模仿秦汉。"从这段文字中，可知黄绮从幼年即已涉足篆刻。

当时，黄绮的三姨夫姚瑞琪与黄宾虹大师交往甚深。黄绮便刻了一块"宾虹"印请姨夫转赠大师，黄宾虹收到后，对这位少年的艺术潜力深感欣喜，于是就将他自己拓印的印玺一册相赠，并在后页上题短跋："上虞罗叔言赫连泉馆印谱，定直甚昂。乙丑携来沪市，中多精品玺印，拓存以奉餐石先生鉴。""餐石"为黄绮当时的笔名。正是这一册印谱对黄绮影响极大，用他的话说，"给了我最大的动力"。从此之后，他便"刻石成瘾"。有时石料供不应求，便去雕石厂买来下脚料，又买来小钢锯和磨刀石，自己制作大小印玺。后来，“文革”初期，知识分子“靠边站”，无事可做，却也为他提供了一个刻石的极好机会，他让女儿帮着打磨石料，创作了一大批篆刻作品。此后，他对篆刻的兴趣更加浓厚，直到“有时眼花了，看着石纹都成篆隶”，也仍然操刀不止。

从《黄绮刻印集》中，我们可以看出，黄绮篆刻以秦汉筑基，兼习历代印风。他那深厚的古文字研究学养和长期修炼的书法笔墨功夫，皆在篆刻方寸之间得到展现，形成了自己的面目。他的白文得力于汉印，形成了厚重朴茂的艺术特点；朱文则颇具六国印玺韵味，形成了刚健清丽的艺术风格。另外，他还善将甲骨、篆、隶、真、行、草及简化字入印，诸多书体，皆为我用，突破了以篆入印的藩篱。黄绮在《刻印集·自述》中说：“篆刻发展到今天，不能仅限于刻篆，理应种种字体都能入印，故‘篆刻’这个术语当改称‘刻印艺术’。”显然，黄绮的这一艺术主张是对篆刻艺术发展到今天的进一步突破。为此，黄绮在 20 世纪 50 年代曾做过大胆尝试。他将毛泽东词《沁园春·雪》，一句一印，一印一体，全部用刻印艺术表现出来。全词 25 句，25 枚印包含了从甲骨文到篆、隶、楷、行、草等所有字体，最后一枚还用了“毛体”行书，大有气象万千之势，令欣赏者耳目一新。如果说，当年邓石如曾以“邓篆”入印，独现体貌，其作品被称为“具有上掩千古，下开百祺之伟力”，那么在黄绮的一些治印作品中，我们会看到他独创的“铁戟磨砂体”入印，如《过得硬》《吃别人嚼过的馍没味道》等，其书体篆隶相参，杂而能一，体现了典型的黄氏书风，为当今篆刻艺术的发展进行了有益的探索。

在刀法上，黄绮融浙派切刀与邓派的冲刀于一体，冲切交融，追求透过刀锋能见笔锋，故使线条富有凝重浑朴，古气盎然的艺术意味。黄绮在书法与篆刻的实践中，体悟到“刀出拙重，笔易流滑”，故他主张反其道而行之，追求刀流滑，笔拙重，这就是他在刻印边款诗中所说的“兴来刻石刀如笔，触纸却求笔似刀”。这也正是古人治印所追求的“刀笔浑融为神品”“有笔尤有墨”的艺术效果。从这里也让我们体味到黄绮书法中金石味浓厚的原因所在。

此外，黄绮还主张“刀笔在手，而运用在心，心是艺术修养，是灵感，是才能”。这里的“运用在心”，正是篆刻艺术家与“刻匠”的区别。篆刻艺术发展到今天，由过去做书画艺术“伴娘”的位置，成为一门独立的民族艺术，它的发展与升华就在于艺术家把它作为一种表达理想、情感、才识、性情和人格魅力的载体，从而展现的是个性的风采和人性的光辉。从这个角度讲，黄绮的主张也正是时代发展的需要，而他的创作实践，也实实在在地体现了这一观念。

如今，91岁高龄的黄绮，由于身体原因，早在三年前，就已无法用语言与人交流了。但他的艺术成果和其自身品格的魅力，仍在文艺界有着巨大的感召力。“文革”后期，他曾把补发的工资全部缴纳了党费。1998年，他又把自己收藏的471件艺术精品和文物捐献给了国家。他没有别墅，也没有汽车，至今住的仍是国家分配给他的单元公寓。一生淡泊名利，唯对艺术追求完美。他曾将上百幅装裱好的书法作品付之一炬，原因是自己不满意。此时，他并非不知，他的作品早已在市场上“寸纸寸金”。这种对社会的高度责任感，已远非传统文人“忧道而不忧贫”所能比拟。从他身上，我们能感受到艺术人生的无穷魅力。

原载《书法导报》（2005 年 10 月 12 日）

熊基权书法与张裕钊书体

熊基权先生是一位个性鲜明的书家，其书法风格早在十多年前就初见风貌。近些年又在“固守”的基础上，不断丰富完善，使其审美情趣更加丰富，审美追求更加突出，艺术风格也更加鲜明。但圈内人总爱称他为“张裕钊书派传人”或“张裕钊书派杰出代表”，意思是他的书法风格植根于张裕钊书体，对张氏书体的继承与发展颇有独到之处。

此说不无道理。任何一个延续传统的书家（“现代书法”例外），总是抓住一家书体，打下自己坚实的笔墨基础，进而“化出”，“师百家”而“达性通变”，形成自己的风貌。熊先生 1975 年偶得《重修南宫县学记》，为其宽博挺拔的书风所感动，心追手摹，竟苦练十载，进而又研修其《滕王阁序》和《书信手札》，自然对张氏的笔法神韵有了自己的理解。1992年，笔者曾见过熊先生为某公园所写《未名湖清淤工程碑记》，尽管其碑刻略显粗疏，但其书法风貌与张裕钊颇有不少共通之处，已具备了今天书法风貌的雏形。

作为晚清曾国藩“四弟子”之一的张裕钊，其书法尽管曾褒贬不一，但追随其书风的后来者并不在少数，尤其在河北一带，影响更甚。康有为曾誉其书“雄视千古”，在《广艺舟双楫》中称：“其书高古浑穆，点画转折，皆绝痕迹，而意态逋峭特甚，其神韵皆晋、宋得意处，真能甄晋陶魏，孕宋、梁而育齐、隋，千年以来无与比。”而马宗霍认为：“廉卿书劲洁清拔，信能化北碑为己用，饱墨沉光，精气内敛，自是咸、同间一家，然如南海康氏所称则未免过情之誉。”（《霎岳楼笔谈》）启功先生认为：“其斧凿痕太甚，如观吞刀吐火，使人心悸不怡。”（《启功丛稿》）祝嘉在《书学史》中称：“廉卿虽气魄雄厚，然其布白犹未免直若算子，尚乏疏逸之妙，不能无疵。”

任何一位个性鲜明的书家，“无疵”几乎是不可能的。艺术的绝对完美便意味着消亡，所以对张裕钊的褒贬也全在情理之中。熊基权先生曾对张氏书体情有独钟，他认为，张裕钊“熔铸南北书风，荟萃千门万户，创立了挺拔劲健、柔峻相兼、浑厚博大，以外方内圆为特征的崭新书体”，“并能熔铸篆隶，对于以二王为宗的唐、宋、元、明的妍美风尚是一个重大突破”。并认为，“张裕钊在碑学中兴的清代，一帜高举，为碑学复兴和发展做出了卓越贡献，在中国书法史上，追溯千年，诚可谓‘无与比’”（《析〈千年以来无与比〉》）。可见熊先生从碑学的角度并不认为康有为对张氏书法评价有“过情之誉”。笔者认为，尽管后人对张氏书体鉴赏有别，但都不否认其独特的风格为书法审美领域的扩展所做的贡献。熊先生在张氏书体的基础上，吸收其有益营养，创造出另一种雄强矫健、岸拔奇逸的书风，形成张氏书体诸多支脉之一，这也正说明张氏书法已融入中国书法传统的沃土，并将营养滋润更多的新苗成长。

熊先生书法最大的特点是雄强刚健，挺拔峻逸，阳刚远远多于阴柔，颇有北方汉子刚烈豪放之气。这正是在张氏书体“意态逋峭”“劲洁清拔”基础上，将其进一步发展的结果。如果我们将熊先生的书法与张氏书体对照，也就不难看出，熊先生是如何苦心经营自己一片艺术天地的。

首先，在结体上，熊先生保留了张氏书体纵势架构，字体长方，笔画上密下疏、内敛外放的特点，并将其进一步夸张，强化笔势，加大了字态对外辐射的张力。结字线条多以秀朗圆润和方拙厚重共同架构，以追求其浑穆而不刻板，灵动而不轻浮。其转折钩趯处，多方拙厚重，取峭拔之势。这一点与张氏相通，也是张氏书体的“胎记”。不少字由于采用了上窄下宽的结体，往往给人以高昂、矗立、仰视之感。加之主笔见方，如斧劈刀削，斩钉截铁；钩趯处又如钢打铁铸，坚不可摧，这就难怪别人说他的字有“碉堡林立”之感。这也正是造成他大字作品有其独特艺术魅力的原因所在。

在用笔上，张氏多以中锋用笔为主，使转上多以捻管为之，他仅有的一段书论为："名指得力，指能转笔，落纸轻，注墨辣；发锋远，收锋密，藏锋深，出锋烈。"我想熊先生对此早已心领神会，且多有实践。他早期作品，多有"指能转笔"，横折处多现"内圆外方"，这是张氏书体突出的特征。然而在后来作品中，我们已明显看出，熊先生已多有"化出"，蝉蜕龙变与张氏拉开了距离。首先在用笔上增加了侧锋的概率，保留外方而不追求内圆，增加了汉隶的韵味，却又不失魏碑的情趣；其次是横画多以卧笔绞锋（有别于提笔中锋），以增加其涩行的苍劲；再次是磔画多以裹锋偃笔，显得含蓄温润，常现赵子昂用笔的意味，使其仅有的阴柔破其一味的刚劲，追求其刚柔相济的效果。总的说来，熊先生用笔多以"碑法"，点画"中实"居多，这也许是他后来追溯北碑的结果。

在用墨上，张氏多以"饱墨沉光"，酣畅淋漓，绝少有枯笔飞白，故总体效果凝重而雄浑。但有些作品中也有"与世相违"，采用"宿墨过水，自然晕透"，从而形成"积墨成田"，在点画晦明中达到抒发情志的效果。熊先生继承了张氏"饱墨沉光"的特点，在用墨上多酣畅凝重，极少枯笔。在虚实对比上，多粗细夸张以弥补浓淡变化少之不足。他只是在草书作品中，其浓淡变化随其节奏而远比张氏丰富，但未见其用"宿墨"创作面世。

唐代张怀瓘在《书断》中说："善学书者乃学之于造化，异类而求之，固不取乎原本，而各呈其自然。"从熊先生近几年创作的作品看，除以上几点保留了张氏"胎记"外，早与张氏的作品相差甚远。如其楷书作品《五十初度》改纵势为横势，取魏碑左右开张之势，且多以魏隶笔法，点画以方笔见著，特别是撇画常见《张迁碑》之神韵。其行书作品，在保持“骨力”的基础上，明显吸取二王笔法，寓雄强于飘逸，时而浓墨重笔，颇有“怒猊挟石”之势；时而柔毫轻点，又有“轻燕掠波”之美。烘托出雄奇而灵秀、苍茫而幽远的千般墨趣。特别是粗细对比夸张，常给人以老干新花之感。此外，在结体上多以错位、异变、聚散、欹侧等手法，突出造型的奇、险、巧、秀，以增加情趣，营造此仰彼伏，形静意动的效果。熊先生草、隶作品并不太多，偶有几篇也往往用笔遒逸凝练，稳健持重，极具自己鲜明的个性。其草书虽依稀可见魏晋风韵，但却很少依赖圆转、萦纡造势，多以重笔、直线、方折、轻带等超常手法，营造一种凛然内蕴、雄强磅礴之气。虽缺少“寒猿饮水撼枯藤”之美，但却有“壮士伸眉按劲铁”之意。其隶书作品，用笔含蓄，方圆兼用，多有行意，但又不失高古之气。

刘熙载在《艺概·书概》中云：“书贵入神，而神有我神、他神之别，入他神者，我化为古也；入我神者，古化为我也。”显然，熊先生当属“入我神者”。故能在张裕钊书体的基础上，苦心经营出自家风貌。纵观熊先生的几种书体，行、草、楷、隶，都以骨力雄强贯穿其中，形成了一种内在气韵。显然，他已将自己的审美追求，与各种书体“嫁接”，“从心所欲不逾矩”，仍能保持自己的风貌，这正是作者渐入“自由王国”创作境界的表现。“但疑技巧得天有，不必勉强方通神”（王安石语）。这是一种真情的自然流露，也是书法作品深层潜在语言的表现。

任何蕴含真情的书法作品，都能让人感到作品背后书家的人格力量。书家所追求的审美情趣，往往与书家的人生经历、时代感悟及个性禀赋密切相关。熊先生天性耿直，待人宽厚，虽祖籍湖南，却成人北方，多北方汉子慷慨豪放之性情。记得有一次与能先生随采风团到潘家峪采风，当看到日寇侵华的残暴罪行时，竟让他无比悲愤，半日不能自拔。当他听说当年的幸存者中，有一位至今仍是老光棍儿时，便非要讲解员领他去看望。由于时间安排过紧未能实现，他便毅然掏出 200 元钱，托讲解员转交，略表一个艺术家的心意。从一件小事可以看出，熊先生书法中那种银画铁钩，刚劲耿介，也便真是“书如其人”了。

由于时代不同，性情使然，熊先生的书法虽出于张氏，但他并未萧规曹随，定于一尊，囿于张氏。相反，却与张氏的追求有着截然的不同，甚至背道而驰。

张氏书体总体看，多以静态为主，“寓沉雄于静穆之中”（曾国藩语）。这不仅因其“平画宽结”，字字独立，而且在笔墨中常有一种恬淡清静之气，含雄奇于淡远。熊先生的作品多以动态为主，常用笔夸张以增加字体的张力，故使一些字不惜增添几分霸气，体现的是一种自强与抗争精神。张氏作为晚清古文家，弃官修学，谢绝仕途利禄，专以治文为事，皆因“不枉时以谀人”，故追求“隐退高天下，文章诏来世”。所以，在他的书法中总有一种散淡、清逸、庄静、肃穆之气。读他的作品，总能让人联想到弘一法师晚期作品的气韵。尽管他远未到弘一法师那种超然世外的神韵，但内在中却有不少相通。这也往往给人造成一种错觉，只认为他“重功力，形质有之，神采不足”“一味静难免有刻板之虞”（张铁民《奇特的二律背反》）。熊先生所处的时代，已远非张氏所能感悟，故力的张扬，明快酣畅，便昭示着一种勃勃生机，也表现出对生命的真切感悟，同时也是对浩然正气、超凡脱俗人格的赞美。

任何一位个性鲜明的书家，瑕瑜互见是极为正常的，一味追求完美反易入俗流。熊先生的书法也不例外。熊先生的书法说到底仍是追寻一条碑帖结合的道路。自晚清以来，“碑帖结合”是众多书家追寻的一条理想化的出路。这也许是碑学热进一步发展的必然结果。但时至今日，这种探索并未有“经典”出现，即使邓石如、赵之谦、何绍基等名家，也未能达到理想效果。熊先生的作品粗细对比过于突出，虽加强了动感和节奏，但秀逸与生拙两种相犯的艺术因素还缺乏有机的融合和提炼，这种简单的“相加”往往给人“壮汉头上插鲜花”的感觉，欠自然也缺少和谐。由于“雄奇角出”始终占领“统治”地位，主从关系依然鲜明，故碑帖意蕴还缺乏真正意义上的融合，我们常说，“笔势”出点画，“形势”出造型，“局势”出章法。熊先生的少字作品要好于多字作品，这多半是因多字作品的章法更为讲究，而熊先生在“局势”处理上仍显“简单”，这一点与张氏书法颇有共同之处。

熊先生虽年近花甲，但他仍保持着极其旺盛的艺术创造力。近几年对书法理论也多有建树，曾有不少理论文章见诸报刊。有时我想，随着年龄的增长，学养的丰厚，熊先生的书法会不会再少些刚烈，多些中和；少些峥嵘，多些含蓄。但有时又想，若如此，还是熊先生的风貌吗？还有赵之谦所说的“独立者贵”吗？任何艺术的追求，往往有得有失，有所为、有所不为方显个性。但艺术的最高境界毕竟还有“平淡自然”一说，即老子所说的“大味必淡”。北宋诗人梅尧臣也说“作诗无古今，惟造平淡难”。应该说，这种境界是艺术高度人格化的自然流露，是艺术家从“苦心经营”中解脱的表现。艺术的纯化与深刻程度取决于艺术家人格修炼水准。故我们还有理由期待着熊先生会有新的风貌出现。

原载《中国艺术报·书画家专刊》（2003年10月3日）
《熊基权书作诗文集》（花山文艺出版2005年7月出版）

谦谦君子风 灼灼赤子情

——《陶佛锡书法绘画作品选》代序

任何一件成功的书画作品，首先让读者感受到的是艺术家独特的艺术语言，而艺术语言的丰富性，往往表现出艺术家才智与个性的多侧面。我与陶佛锡先生同事多年，读他的书画作品总感觉到一种优雅宁静、谦谦君子的文化风韵。几十年来，他始终不为世风所惑，深扎传统文化的沃土，固守民族的文脉，追寻中国书画艺术的本源，并不断使之发扬光大，这无疑也彰显出一个当今文人的赤子之心。

陶先生生于北京，幼承家训，喜好书画。绘画师从其舅父——当代著名国画家任率英先生，书法受教于当代著名书法篆刻家金禹民先生。这种师出名门的艺术成长过程，决定了陶先生走的是一条较为传统的艺术道路，有较为深厚的传统功底。而在传统基础上寻找自己的艺术语言，正是众多艺术家的成功经验。

陶先生书法以小篆见长，兼通隶、楷，这在当今书坛尚属“少数派”。尽管古人认为“古大书家，必通篆籀”（明代丰坊语）。但当今识篆者仍是寥寥，即使小有名气的书法家，篆盲者也屡见不鲜。陶先生独辟蹊径，甘愿在篆书上下苦功，也实属难能可贵。篆书自秦以来，在中国书坛日渐衰减，自“二李”（李斯、李阳冰）之后，确实有过冷寂，但并未绝迹，特别是清代邓石如“开一代书风”，曾让篆书再度辉煌。清包世臣曾有诗曰：“斯冰骨既朽，千载绝妙迹。吾皖产布衣，壮观顿还昔。”陶先生正是追随邓石如，孜孜矻矻，志在篆书领域开辟一片属于自己的天地。“石如篆法，以二李为宗，纵横捭阖，得之史籀，稍参隶意，杀锋以取劲折，字体微方，与秦汉当额为近”（《清史稿·艺术传》），陶先生在学邓氏方面，注重在他的“玉箸”风格基础上，再参以自己的追求。

清评邓石如篆书是“稍参隶意”。如将邓氏小篆与李阳冰、李东阳、王澍、钱坫、孙星衍、杨沂孙等篆书作品相对照，可以明显感到，邓氏确实使不少弧线改为直线，使有些结体变圆为方，或增加了方势。在用笔上，使不少长画“笔到即收”，出现露锋。这都是他“不以少温为归”，守成法而不拘于法的结果。陶先生在这方面似乎并未一味追随，而是根据自己的审美需要，采取的折中笔意，故在结体上，既不像“二李”的一味圆转，也不像邓氏的方形外露。追求的是肥瘦相和，骨肉相称，含蓄蕴藉，和平大度。篆书虽然线条相对单纯，但在结体上，通过线条分割，点画避让，使之变呆板以灵动，铸均衡以神韵，从而“婉而通”，以达到气贯全篇。这确是修篆者的功力所在。如果说，从甲骨文到小篆，其审美的主要意味在其空间构成的话，那么均衡化、对称化，使小篆成为一种静态的典范。但静态美把握不好最容易出刻板、僵硬、松散，以致神韵全无。这多半是对点画机械分割的结果。陶先生承继秦篆的上收下放、上紧下松的结字特点，这种总体构成模式，远比某些篆家（如钱坫）“平均分割”要显得灵动。“玉筋垂拱”般的长线为书者提供了更多的抒情空间，或遒健，或婀娜，或飘逸，或苍劲，这也是书家最见功力的点睛之笔。应该说，陶先生在这方面发挥得较好，从而形成疏朗与坚实、空灵与丰厚的强烈对比，给人以峨冠博带、大袖生风之感。同时为整篇作品的贯气起到了一定的协调作用。陶先生使用长锋羊毫，这似与邓氏相同，追求“笔从曲处还求直，意入圆时更觉方”。起笔先是蓄势，藏锐于圆，故得浑厚朴茂之劲而无“却薄”之疾。刘熙载在《书概》中说：“篆之所尚，莫过于筋，然筋患其弛，亦患其急。欲去两病，赴笔自力有诀也。”看来陶先生对此是深有感悟，故在线条的用笔上不激不厉，弛张有度，使线条处理如老僧补衲，平和静穆中又见清刚飘逸。

陶先生的篆书作品中，尚有部分甲骨文、大篆，虽然数量不大，却也足以表现书法家的审美情趣和笔法的功底。扇面《言事有高识》是用甲骨文笔法创作的作品，他一反小篆圆转笔法，采用笔锋藏露结合，线条多用折笔，使作品带有明显的金石趣味。再加上结体简洁，疏朗清峻，由此可以看出，陶先生对作品在书写内容与形式的结合上颇具匠心。

值得一提的是，近几年，陶先生采用上方大篆创作的几幅书法作品，如《喜为善行》《德不孤必有邻》《盛世有天皆丽日，神州无地不春风》等，颇引人注目。这是因为这种书体在历届书法展览中已很少出现。上方大篆也称九叠篆，先秦早已有之，古文献记载，李斯就是将这种字体改造成为小篆的。这种字体后人多用于篆刻的印章中，宋仁宗皇帝也曾用其铸造过“皇帝通宝”钱币。这种字体笔画繁复，早已失去了实用价值，但它在体现汉字的装饰性、开放性方面，仍不失是书法艺术园地里的一枝奇葩。以此创作的书法作品在给人一种整饬美、装饰美的同时，也给人一种高古、神秘之感。

陶先生在书法上取得可喜成就的同时，其绘画方面也显示出较高造诣。这次收录到选集中的绘画作品，主要有三类：一是工笔仕女画；二是半工半写的朱绘钟馗降福图；三是佛菩萨圣像。这些作品仍然承继了任率英先生的艺术风格，带有浓重的民间画风，雅俗共赏，具有广泛的民众性。中国画最讲究用线，因为“线是联系笔墨语言和真实形状之间的中介因素”，“中国画用线既非主观上的随意行为，又非客观的模仿过程，它是历史上多年沉淀的、共同的视觉规定”（毕建勋《万象之根》）。因此，线条既可完成对描绘对象的形和神的表达，也可表现对象质感，还可表现作者的情感和笔墨情趣。陶先生由于有较深厚的书法功底，故线描功夫很深，用笔轻、重、疾、徐、顿、挫、转、折，驾驭自如。仕女画和佛像多用“高古游丝描”，以表现轻柔丝绸衣物的质感和人物娴静典雅的情趣。有时也用“兰叶描”来表现飘动的衣带，以产生强烈的动感。《钟馗》则多用“铁线”和“折芦线”，塑造其刚强威严之势。陶先生在用色手法上主要是“填、染”两种，色调亮丽明快而又不失典雅。不管是“远观其势”还是“近观其质”，其协调统一的格调均有较强的艺术感染力。特别是近期推出的六尺巨幅，如《洛神赋》《嫦娥奔月》《天女散花》《静思》等，画大而不失精致，更加显示了他用线施色的深厚功底。

应该说，陶先生在绘画选材上是极传统程式的，特别是《钟馗降福图》之类。自唐代吴道子始，几乎历朝历代画家均留下过此类题材画作。单近代一些著名的绘画大师，如齐白石、徐悲鸿、李可染等，都有许多笔简意深、状物传神的精妙钟馗画作品传世。钟馗这个“似人、似鬼、又似神”的特殊形象，历代画家都借其“谐音表意”“托物寄情”“缘物达志”，抒发自己对生活的感受。故钟馗的形象千差万别，在姿态上形成各自的独特风貌。

陶先生对这一形象的把握既没有在奇特狰狞、神秘怪诞、以丑治怪、以猛治恶上发挥，也没有像《钟馗嫁妹》《钟馗簪花》那般在“人情味”“生活化”上挖掘，而是塑造了一位动态上高雅、平和，相貌上慈祥、可亲的戏曲舞台形象。在构图上，除五只蝙蝠（蝠与福同音，取“福从天降”“福在眼前”之意）外，不加任何背景衬托，使之“一人亮相、满台有戏”，这种高度概括，省去枝节，充分利用大片空白，来强化钟馗的相貌和整体动态，在视觉上给人以强烈的逆光效果，使钟馗的形象显得更加鲜明突出，更具有感染力。单从构图看，和清代任伯年的《仗剑钟馗》相近，但人物的姿态则全然不同，多以舞台化处理，更接近戏剧中的“间离效果”，使之更加意象化。在赋色上多用朱砂单色，“以意赋彩”更增加了钟馗“迎祥纳福、扶正除邪”的象征意味。

品味陶先生的书画艺术，会给人一种总体印象，即：多中和、虚静、典雅，少粗放、狂怪、奇诡。特别是线条温柔敦厚，含蓄内蕴，圆重平留带有浓重的谦谦君子之风，在静思默想中能让人感悟到那种幽深清远、淡泊自然的审美情趣。这些笔墨语言的艺术特点，也许就是艺术家的个性和情趣使然。艺术家的见识学养，既反映在高尚的个人情志、脱俗的审美追求上，也反映在书画的继承与发展辩证统一规律的认识与把握上。

陶先生对传统的继承是显而易见的，只是在艺术追求上始终以一种恬淡的心态，不事张扬，甘于寂寞，以达到“道法自然”的境界，故在技术表现上，则宽裕敦厚，雍容自然，从不取媚流俗，出奇制胜。说到底，这也是一种乐于“释道”境界追求。

陶先生晚年曾热心于佛、道、儒传统文化的学习和研究，从事过一些佛道文化艺术活动。现为河北省佛教协会“震旦佛教艺术研究院”、河北省道教协会道家书画院顾问，受佛道文化思想的熏陶和影响，从他的作品中，我们能感受到那种与世无争，“即心即佛”的超脱心态，但陶先生毕竟不是出世的佛道门徒，他坚信“广结善缘、遍种福田”“慈悲喜舍、大爱无疆”是为人道德修养的基本准则。他更多的着眼点是人民大众，他走的依然是其舅父任率英先生走过的路——做一个接地气的人民艺术家。这也是陶先生赤子情怀的至善体现。是为序。

1999 年 8 月于石家庄

原载《河北文艺界》（2009 年，2 月）

融古铸我 自出新韵

——姚小尧书法艺术漫议

书法创新是每一个书家终生不懈的追求，创新的路子也是千差万别，但总的说来，可分为两种类型：一是以牺牲书法传统审美为代价，以“审丑”为艺术基础，以张扬个性为最终目标。这类的创新往往以“狂、怪、丑”的艺术造型，产生强烈的视觉冲击力，最宜收到不落“俗套”的“美誉”。另一种则是在传统审美基础上的创新。首先是保持书法美的基础，进而在线条、结体上加入自己的新意，直到既能抒发己意，又不失传统审美。此类创新往往较苦，在古人相对完美的基础上作“锦上添花”岂是易事？闹不好，“花”被淹没，落个“修修补补”，终作“书奴”计。这类的创新一般说来，均能雅俗共赏，易被更多人所接受。姚小尧的书法艺术当属后一种。

姚小尧，现为第九届全国人大代表、河北省政协委员、河北省书法家协会副主席、邯郸市文联副主席兼书法家协会主席。曾先后在美国、法国、荷兰、泰国、比利时等国家及国内举办个人书画展，并出版《姚小尧书画集》《姚小尧书汉石门颂》《姚小尧谈艺录》等多种书画作品集及理论专著。知道姚小尧书法的人并不少，但他的学书履历中却缺乏课书的名师和高等学府。他靠的是自学的刻苦与悟性。初从柳公权《神策军碑》、何绍基《雅集图》入手，后学《乙瑛碑》《张迁碑》《石门颂》《张黑女墓志》《龙门二十品》等，融古铸我，自成一家风貌。

姚小尧最初引人注目的是其行草书，用笔苍劲，结体雄奇，线条有屈铁古藤之张力，且又大小错落，顿挫疾徐，内蕴高琴低箫之韵律，极具缤纷离披之美。但后来他“异军突起”，却以隶书的独特风貌饮誉书坛。

与行草书相比，隶书仍属静态为主。故历来习隶者，体现粗犷稳重易，体现飘逸灵动难。小尧的隶书可贵之处，就在于雄伟大气中不乏灵动，古拙朴茂中尽显生机。具体说有以下几个特点：

一是用笔以圆为主，多带篆意。从用笔上我们仍可看出，小尧深受《石门颂》影响，圆笔涩行，增强了线的遒劲与含蓄，对蚕头燕尾也多是意到笔含，不事张扬，追求《石门颂》那种“内含筋骨，外露神采”，故有一种劲气中藏，风姿自足之势。特别是篆意用笔，使不少折笔处，出现“外方内圆”的魏碑意味；同时，在笔画的交接处使用“焊接法”（以小篆的捻管法为之）使笔画的连接如钢筋焊接、主干抽枝，增加了字的稳固感和立体感。

二是结体宽博，粗细对比鲜明。小尧的字有一种“阳刚”之气，又不失汉隶风韵，除线条外，其结体宽博，疏密有度，是造成大气的直接原因。故在其作品中，多见有“越格”之笔，这一点仍与《石门颂》近似，但与《石门颂》不同的是在结体中增加“弧线”的运用，因为弧线较之平横直线更具有张力和弹性。美国美学家库克曾说过，弧线往往表示一种“圆满”与“完美”，故使字体在宽博稳固中有一种“大度泰然”之势。此外，在线条上突出了粗细、轻重的对比，且又极其和谐自然，于静中多了动态的韵律。隶书中粗细对比的运用，清代人曾做过不少尝试，运用得和谐自然却并非易事。粗易板滞，细易轻浮，能做到灵动而不浮飘，凝重而不板滞，确需书者功力。小尧在这方面的尝试应该说是成功的。再加上转折处用笔，时断时连，时重若千斤，时轻盈欲飞，大大丰富了隶书的韵味。

三是在谋篇布局上，节奏感极强。隶书无法像行草那样大小错落、欹正交织。但利用字体的收放、轻重及用墨的浓淡干湿，仍可造成强烈的节奏感。小尧的隶书正是利用收放聚散、巧拙险夷，因字立形、统中有变，使整篇作品节奏鲜明，跌宕多姿。而做到这一点，关键是要自然和谐不显造作之态。这也是显示作者收放自如、笔随意行的功力之处。

四是行点入隶，增加顾盼之姿；结字变形，独特而不乖张。小尧曾极力强调一个“活”字，因为“活是生命的本质所在”，所以他大胆地将行草书的点糅进隶书，以强调笔画间的呼应关系，在他的作品中，往往把各种“点”写得含蓄、多姿，自由而率意，以显示出“活”的生气来。有些结字变形也颇具特色，如“香”“书”等字变上宽下窄为上窄下宽，夸张为金字塔形，使字在同样位置上增加耸高感。“水”和“木字旁”“走之旁”也均为行意而又不失隶法，所有这些均为“活”增加了生机而又不显乖张。

如果说书法艺术与书家的学养、品格有一种内在联系的话，那么小尧的书法作品中表现的那种“阳刚”之气与机智含蓄的中和之美，确与小尧的个性人品密不可分。他为人诚恳敦厚，工作热情刻苦。作为全国人大代表，他心里更多关注的是广大人民群众。他有较强的“平民意识”，故他的作品能被更多的人民群众所喜爱。而那种正气凛然且又充满勃勃生机、真正体现时代精神的作品是其被人民群众喜爱的主要原因。小尧在艺术追求上走的是一条自找苦吃的路子，数十年耕耘，终于有了自己独特风貌。现今他正年富力强，相信他会在不断地“否定之否定”中，创作出更多独具一格的作品来。

原载《中国艺术报·书画家专刊》（2002 年 2 月 1 日）

守不泥古 变不流俗

——张鹤龄书法作品漫议

一幅书法作品，既能给人以新奇，却又不失其美感。将“陌生化”与赏心悦目有机结合是诸多书家追求的目标。这有别于为新奇而不惜“丑怪”，为甜美而刻意泥古。尽管这些说起来容易，做起来却绝非易事，但张鹤龄先生却做到了这点。

张鹤龄先生是我省为数不多的多能书家，这不仅是他写剧本、做编导、赋诗词、编丛书皆善，单就书法艺术也是楷、隶、行、篆均有较深的造诣。特别是小楷字，端庄秀雅、爽朗飘逸、郁郁芊芊，常给人以清风扑面而来之感。当年曾用小楷抄写剧本送郭沫若先生修改，很受赏识。其大字楷书，宽博俊伟、沉雄遒逸，有明显的颜体框架和扎实的笔墨功力。然而近些年，更为引人注目的是他给人耳一新的“帛书体”。

帛书原指古人写在丝织品上的文字。较有代表性的当数 1972 年湖南长沙马王堆汉墓中出土的《马王堆帛书》。帛书和其他出土的木牍、汉简统称为简帛书。这是中国文字由篆向隶转变过程中出现的过渡性文字，尽管其风格尚未成熟，但真、草、隶、行诸多元素早已包含其中。这不仅为书法史研究提供了依据，也为今天的书法创作提供了一个更广阔的参考空间。张鹤龄先生正是利用了今天的有利条件和深厚的书法功底优势，经多年浸淫，心追手摹，畅游其间，终于形成了自己的风格。

马王堆出土的帛书，按其结体、用笔的体势特点，分为三个不同时期，即早期的篆隶、中期的古隶和晚期的汉隶，其风格特点各有所长。鹤龄先生尝试着把三个不同时期的汉帛书进行了取舍和融合，使其既有鲜明的汉帛书的笔势形态，又不拘泥于某一时期的汉帛书，使之更贴近今天人们的审美习惯，从而达到奇而不怪、古中见新、雅俗共赏的艺术效果。如果细观其书法作品，我们能感受以下三方面的艺术特点：

一是在用笔上，多用篆书笔法，以圆笔为主，逆入涩行，使之骨力内含，苍劲沉雄。特别是对一些笔顺的处理，打破常规，逆向行笔，如对“口”字形的用笔，往往是变右横折为左竖折，明显保持了帛书为便捷而形成的独特风貌。在用笔提按上，除逆入平出的横画处，凡有笔画交接处，均以重按驻笔，形成金文浇铸的连接效果，增加了“高古”的韵味。

二是在结体上，略取纵势，使之有别于后来横势的隶书。字体结构力避笔画过于均衡，多保留帛书活泼自然的野趣。如“贝字旁”上方下圆，增加帛书不稳定的动态感。“月字旁”基本保留了帛书的弧线形态，“止字旁”保留了帛书中的草意。另外笔画的粗细变化对比鲜明，捺画多用重笔突出，更增加了线条律动的节奏感。

三是在章法上一改帛书竖有行横无列的特点，使之横有列竖有行。从整体效果看，明显与原来的帛书拉开了距离，使之更接近楷隶，增加了庄重感和静态美。

清代以来的文人艺术家们，常以作品有“古意”为高，甚至成为品评书画的一个不可忽视的标准。张鹤龄先生古稀之年的帛书作品，神基汉碑、气摄简帛，可谓既见古意又现新法，是当今书法领域中一次有益的尝试。

原载《家庭百科报》（2007 年 6 月 1 日）

质沿古意 文变今情（代序）

——王同辰书画艺术成就简论

哲人其萎，艺术长青。同辰兄离开我们五个年头了，他留下的这些精美书画，依然如春风拂面，秋阳暖怀，从笔墨的神韵中，使人感受其淡雅的情致、坦荡的襟怀以及谦和笃实的君子风范。同辰生前创作了大批书画作品，却无缘结集出版，直到今日，几经周折，多方搜集，才使读者见其全貌。这部书画集的出版，既是他艺术生涯的一个全面回顾，同时也会对书坛画苑的后来者以有益的启示。

纵观书画集的作品，可以看出，同辰兄凭借深厚的传统功力，在书画艺术的多学科不懈探索，并取得了不凡的成就。同辰出生于耕读之家，幼承家学，五岁识字，七岁学书，以柳颜筑基，进益日显，少年时期即名动乡里，这为他日后的书画发展打下了良好的基础。其后，他又在书法上旁涉魏碑，其行草则取法“二王”，兼学张旭、怀素、孙过庭诸家，可谓“囊括万殊，裁成一相”，终于有了现在的自家体貌。从其书法作品可以看出，他并不刻意追求形式上的新奇炫目，也无意于笔墨宣泄以动人心魄，但其简约、率意、萧散、超逸，“流觞曲水，畅叙幽情”的悠然情趣，往往给人敛润柔和、气韵双高之感。其用笔的形态，点画的质地，章法的气势，线条的力感，均显出刚柔相济、抱冲和谐的“中和”之美。这也是中国哲学“阴阳变易”传统理念的体现。

同辰兄的绘画作品，包容了中国画的三个画种，即人物、山水、花鸟。人物画虽然数量不多，但依然可以看出，其造型准确，线条爽劲，小写意笔法既自由松动，又精微传神，给人厚重、粗朴、淋漓之感。其山水画曾研习马远、夏圭、范宽、王蒙、石涛、白寿章、李可染等大家，故其作品深深浸润传统文人画的创作理念。中国山水画不同于西方风景画，它不是再现自然景观，而是通过对自然景观的表现，赋予自然以文化的内涵和审美的观照，是画家师法造化，融合“实象”和“心象”并倾注感情的艺术结晶，也可以说是对自然本体神韵的一种探索。同辰的山水画题材广泛，或摹写东海日出、江南水乡，或表现太行巍岩、黄土高原，均喜欢把苍茫大气与空灵秀润相结合，更多体现中国传统山水画“天人相谐，山水方滋”的艺术精神。如《春风又绿江南岸》：近景绿柳拂舍，中景叶舟微荡，远景桃林飞红，整幅画面大片留白，显得超逸空灵，宁静秀美，而又不失水天一色的浩瀚之气。这与另一幅画《东方既白》有异曲同工之妙，均采用少皴多染，“以少少许生多多许”的表现手法，颇有宋人马远画作的神韵。如果说此类作品古意盎然的话，那么《大华雄峙图》《浆水观瀑图》以及表现海上日出和公园林亭两幅未题款的作品，则更增加了强烈的现代气息。前两幅均以高远构图，皴染结合，虽以青绿赋色，但仍不失北方山水之沉雄奇伟；后两幅则以平远构图，或以礁岩苍松、海浪晨霞表现日出海面的静中寓动，朝气勃然；或以林木葱郁，清莹空翠，表现园林的恬美清新，幽深静远。这些作品大都可以看出作者笔力雄健，含颖而发，有笔有墨，既具北宗山水皴点苍劲之风骨，同时兼容南宗山水擦染明秀之风韵，使画面浑厚雅逸，平淡中益见生动。同辰兄的山水画总是洋溢着一种浓郁的诗情，流动着热烈的人文情怀，表现出中国艺术特有的静谧、含蓄与温馨气息。

同辰留下作品最多的还是花鸟画，其功力最深的也是花鸟画。他的花鸟画早年曾学八大山人、青藤、白阳、吴昌硕、任伯年、白寿章、李可染等。特别是作为白寿章先生的入室弟子，受其影响最大。白寿章（1897—1973）和王雪涛是保定高师美术科同学，一生从事美术教育工作，他的作品兼潘天寿、李苦禅之长，风格独特，是中国著名的书画家，1983年其书画遗作在中国美术馆展出，曾博得美术界很高评价，被誉为“大家手笔”“书画双绝”。同辰对白寿章的花鸟画承传最佳，几乎达到乱真的地步。从现存的花鸟画作品中，可以看出其承传的笔法迹象依然鲜明。只是题材更加广泛，趣味更近今情。

说起创作心得，同辰兄曾戏称他的花鸟画是“简笔画”。其实，这正是中国大写意画的精粹所在。国画大师黄宾虹曾对“简笔”有精妙的论述：“简笔画，盖笔虽简而意不简，景或虚而实，笔墨凝练，由繁及简，从虚到实，渐入佳境。”中国画以意象思维为主，追求“似与不似”和“有无之间”，达到由物质向精神飞跃的和谐之美，故“简约用笔，注重立意，神韵占先”一直是历代文人画追求的主旨。但做到这点绝非易事，需要画家绘画语言有一定的抽象性和概括性，能对突出画面整体神韵有较好的把握，在强调画作的意趣和意态的同时，还要强调以书法入画的书写性，体现画家主观情感的文化精神内涵。从这个角度讲，同辰正是这些方面的实践者。

同辰的花鸟画创作总是以纯美至善为意念，以敦厚吉祥为情怀，以书法用笔为筋骨，以练达豪放为风范，采取真而不似、柔中寓刚的艺术方式，创作出极具生活气息而又独具情趣感悟的花鸟意象。从《万柿鸡》《桐喜图》《百花争艳》等作品中，我们能领会到他的画为什么会受到广大群众的欢迎。纯美的意象，至善的祝福，让每一个赏画者能深受感染。值得一提的是他的书法用笔，不管是梅、兰、竹、菊，还是鸡、鸭、鹰、鹊均是写而非画。观其线条用笔，徐疾提按，顺逆顿挫，因笔立形，流畅自如，无不显示出变化丰富的节奏之美。因为笔墨本身就是一种境界，也是中国画技术性的唯一，最有代表性的应是那幅《藤萝八哥》，作者题跋为“不似尽在似中求”，整幅画着笔寥寥，简约疏放，却神韵十足，使读者产生无限遐想。在这里，任何未经提炼的笔墨都属多余，其精确简约极见功力。这也正是“不似尽在似中求”的结果。此外，画上题诗题跋，使书画相映成趣也是同辰作品另一特色。这在古人并不罕见，但今人却极少，即使题也多为古人诗句，极少自己写诗。更多的是，书法过关的人太少，只好落穷款。同辰以草书题写意画极其和谐自然，能起到相映生辉、珠联璧合的效果。如在画《雨竹》中，题诗为：“闲坐书斋意若何，隔窗犹闻萧萧竹。此声倘能天天有，静辨仙乐与民歌。”从中我们能领会到郑板桥诗意的引申，其“静辨仙乐与民歌”则表现画家高度的社会责任感，为那“抱劲节”的雨竹更增添了神韵。

同辰兄对艺术孜孜以求，多方探索，在诗、书、画领域均做出不凡成就。但其一生淡泊名利，甘于寂寞，生前从未办过书画展，也未出过书画集，其书画作品极少流入市场，而多从其案头送赠千家万户。这一点与其师白寿章先生极其相似，他们都是待人以诚，从艺以诚，不计报酬，只讲奉献，应该说是道道地地的人民画家。同辰正像其一幅《雄鸡秋菊图》中所述：“求书索画日纷纷，忙忙碌碌系一身。笔下杂花开四季，纸上雄鸡报晓晨。不羡青山闲自在，愿效流水常鸣琴。先贤教诲谨记取，莫做追名逐利人。”画中傲霜绽放的秋菊和引吭报晓的雄鸡，不正是他献身艺术的自我写照吗？可惜在日渐浮华、充满泡沫的当今画坛，这样的画家太少了！每念及此，我们更加增添了对同辰兄的怀念与敬仰之情。

丁亥孟夏，同辰兄哲嗣金波、玉波昆仲专程来到省会，带来其父书画样本，要我们为之作序。斯人已去，风范长存。人生有涯，艺术不朽。摩挲故人手泽，不禁感慨万端。书此数语，以志长念。

2007年6月与浪波合作于石家庄

原载《王同辰书画》（河北美术出版社2008年1月出版）

李凌的书法艺术追求

几个月前，青年书法家李凌在日本松岛瑞岩寺举办了个人书法作品展，展期长达五十一天，观赏者多达二十余万人，单开幕式一天就达一万多人，几家电视台、报社相继报道，可谓产生了“轰动效应”。这次书法展主要是作者近几年潜心对“佛”字的研究成果，故名“万佛展”。此画展如此成功，固然与日本国民崇尚佛教、爱好书法有关系，但更主要是作者的书法艺术吸引了诸多的观赏者。一位叫菊田翠谷的日本书法家说：“李凌先生创作的‘佛’字给观赏者留下了很深的印象，通过作品看出了李凌先生的佛心，看出了李凌先生对佛教的理解。这个展览像是举办了一次全国展，参观者来自全国各地。”瑞岩寺住持平野宗净先生在留言簿上写道：“李凌先生雄浑的书法使观赏者着迷，许多人怀着激动的心情观看了书法展。这次书法展促进了日中友好。”李凌的书法对日本观众来说，已并不陌生，早在几年前，他曾和他的老师——著名书法家黄绮先生在日本仙台、鹤岗等地举办过书法联展。1992年日本曾出版过《黄绮、李凌师徒书法集》及《李凌书白居易诗〈长恨歌〉》。日本书荟文化院院长桑原翠邦教授说他的书法“具有书法上不可缺少的笔势，如果是刻成碑的话更为明显（金石韵味很浓），篆刻和书法同样有挺拔刚强之力”。以上可见，李凌的书法在日本已产生了一定的影响，颇有点“墙外香”的意味。

李凌并非书香门第出身，但天性喜好书法，13岁开始跟黄绮先生学习古典诗词，后又专攻书法，至今已与黄先生习书三十余年。他是自欧书入手，“学欧追柳再颜黄”，今又专攻草书。黄绮先生对他的书艺评价是：“基本功扎实，善各体书，尤善草书，有气派，有魄力胆略。”李凌的书法曾有一个模仿黄绮先生书体的过程，一度曾达到乱真的地步。但黄先生并不赞成李凌走这条路，他认为“学我没有出息”。显然这和唐代李邕“似我者俗，学我者死”，具有同样的意味。故尔后李凌改攻草书，确实很快便跳出了“黄体”。但“黄体”善篆隶笔法，追求“宏伟端庄，高昂振奋，明快刚劲，潇洒风流”，这也使他受益匪浅。他创作的“佛”字中，用笔方圆兼顾，朴拙浑厚，颇见篆隶笔意。即使在草书创作中，那种“高昂振奋，明快刚劲”的意象仍然十分突出。黄绮先生评价他的草书是“清新刚劲，飞动空灵，大砍了一般草书的圆、匀、轻、滑的俗根”（见黄绮《谈中国书法暨李凌的造就》）。

近几年，李凌在书法创作上，更加坚定了自己的艺术追求。他认为：“书法以实用为主要目的可称之为自为艺术。自为艺术时期，形式制约情感。而以欣赏为主要目的可称之为自觉艺术。自觉艺术时期，解除实用原则对其制约，用感情的需要主导着形式的变化，这种变化是有艺术规律的，只表现美的因素。自觉艺术是进入现代、走向未来的最高要求。”（见李凌《谈书法的艺术性所在》）且不说“自为”“自觉”用语是否准确，显然，他是把书法分为“实用”和“艺术”两个阶段。我认为，所谓“自为”，是指在具体书体的规范之内完成书写，更多靠的是理智；所谓“自觉”，则是情感所致，心手两忘，更多靠的是潜意识调动艺术积累，在感情支配下达到“双畅”效果，实现高度自然的审美意象。“现代派书法”曾把书法分为三个层次，即“写字”“书法”和“艺术”。他们认为，一般以实用为目的只能算作“写字”；如果进一步把字写得好看，可以称之为“书法”，但还不能算是艺术；真正的艺术是以表达感情为主要目的的线条变化，而这种变化不受汉字造型的约束。李凌和“现代派书法”的共同点都是把线条作为表达感情的载体。不同点在于一个主张脱离汉字造型的约束；一个则主张“在传统的基础上进行，符合书法艺术发展的规律”。老实说，对书法不受汉字造型的约束说，我尚不敢苟同，因为那种脱离汉字的线条变化如果可以作为抽象艺术的话，又何必挂靠在书法行列，称之为“抽象画”什么的岂不更贴切？李凌在艺术追求上，为自己做了一个有益的框定，即“要保持着书法的种类特征”。纵观李凌书法创作实践，也确实体现了这种艺术效果。他的“万佛展”作品，在用笔造型上纵然千变万化，但总能让人看出是个“佛”字。因为“佛即是我”，所以“佛”字大部分的变化是立人旁，不管是立式、仰式、俯式、跪式，都体现了对佛的不同理解，绝不会误认为是其他什么。

求变创新，自成一体，是诸多书家追求的目标。唐代书家、名僧释亚栖说过：“凡书通即变……若执法不变，纵能入石三分，亦被号为‘书奴’，终非自立之体。是书家之大要。”既是书家之大要，当今书坛心领神会者不乏其人，故书法创作标新立异者大有人在。但不少作品“新”则新矣，“美”则不复存在，这类作品除在个别展厅露面外，世人很少敢在厅堂悬挂，更无从玩味。所以，我们在重视创新的同时，不能忽视艺术规律。因为所有创新并不一定都是艺术，而所有艺术营造的审美意象都是建立在一定的技巧基础之上，李凌在这方面的追求是较为清醒的。他主张在传统基础上进行创新，符合书法艺术发展规律，就是要创新不以牺牲传统的笔墨技巧为代价，而是在笔墨技巧发挥上给予更广阔的天地，从而使作品在“情感志趣、意象造型、结构特征等方面，拥有深刻的内涵和丰富的特征”（见李凌《谈书法的艺术性所在》）。李凌在书法创新上做过些有益的尝试，不少作品追求大起大落，开合有致，骨法用笔，以势夺人，在营造雄浑恢宏的气势上给人以强烈印象。特别是草书创作，表现出方峻凌厉、骨气洞达的意味，颇给人以新意，但又不失草书笔法，为读者带来无穷的回味。当然，这并不意味着李凌已形成了自己的风格，仍需要有一个自我扬弃的过程。既然是创新，就会有成功和失败，李凌的作品也并非件件成功，有些作品尚显得过于草率，给人以“粗头乱服”之感。好在李凌十分注意对传统艺术的吸收，总会不断完善自己，不会有那些“让不识者以为奇，不满识者一笑”的现象出现。

原载《文论报》（1998 年 9 月 24 日）

难以割舍的太行情结

——著名画家钟志宏最后的日子

他总算看到了《钟志宏画集》最先印出的部分样本，但未能等到画集的大批出版，便闭上了双眼。他是在病床上坚持编完那本画集的，接着是整理速写集，之一、之二、之三、之四……医院的病床成了他的画室。他斜靠在床头上，被子上面全是画稿，他将自己骨瘦如柴的身子埋进了画稿里。但他终没来得及看到速写集的出版……

近两年，画界的朋友们似乎已忘记了他是位肝癌患者，因为他依然热情奔放，爽朗坦然；依然是“说话没句号，画画没钟点”。在一次次扶贫、抗洪救灾的义捐笔会上，依然少不了他的身影，且作画数量最多。夏日在宿舍楼下歇凉，依然能看到他谈笑风生，讲述着一个个下乡写生的故事……

1994 年，在一次例行的体检中，他被发现得了“原发性肝癌”，那年他 63 岁。手术后，医生说可以延长生命三个月。他没有被病魔压垮，在体力刚恢复后，便毅然又握起了画笔，一头扎进太行山写生去了。“别人下海咱上山”，他还是信奉自己提出的这句口号。为创作一幅长卷山水画，他九进太行山写生，和山民们一个锅里吃饭，一条土炕上拉家常。在辛庄乡、洪河漕、大郄村、达柯村……每当他讲起进山体验生活的经历，总是满怀深情地讲出一串故事，讲山民的孩子在下雨时，为他撑着伞让他写生；讲当年聂荣臻将军住过的那家房东，如今家里存着几瓮粮食，但儿子仍然找不到媳妇……他画中的内涵，图中的意境，正是在这个时候酿造的。他画集中的作品几乎全是近两年创作的，且大都是以太行山为素材。太行的山水风光，太行的风土人情，这或许就是他的太行情结，因为他与这里的人民有着深厚的感情和千丝万缕的联系。

在此期间，他除了坚持美术创作外，还兼了河北老年大学的美术课，每周一次，义务授课，分文不取。每天早晨，他还要和那些老年大学的学员一起到公园写生，画荷花、紫藤、槐树、牡丹……随时指点讲解，一讲就是两三个小时。他常说：“我在美协是做组织工作的，对培养美术人才有义不容辞的责任。”他没有著名画家的架子，谁向他请教他都耐心指点，有时还要亲自示范。不少学员的画稿上，都留下了他亲笔改动的墨迹。在他第二次病重入院时，老年大学的学员纷纷前去探望，才知三年前他已经得了“绝症”，当着他的面，强忍泪水，走出病房，个个泣不成声。经老钟培养、扶植的河北画家如张成、高文慧、张子康等，不少已成为河北画坛骨干，在国际、国内均拿过大奖。

他是位有成就的画家，他创作的国画、水粉画、连环画、速写等作品，曾在人民美术出版社、天津人民美术出版社，河北美术出版社出版及多家国家级和省级报刊上发表。他曾先后在天津、石家庄、烟台等地举办个人画展。他的作品曾多次赴韩国、日本、马来西亚、美国展出，有多幅作品被作为国家领导人的礼品赠给国际友人，有的作品被国外美术馆收藏。1991 年他创作的国画《雨过天色分外明》，被北京中南海收藏。《中国美术年鉴》《中国当代书画家大全辞典》《当代中国美术家名人录》《美术辞林》等辞书，都收录了他的作品及词条。

他更是一位模范的共产党员。他 1949 年参加革命，同年加入中国共产党，离休前任中国美协理事，河北美协副主席、秘书长。1956 年因成绩显著，被评为全国文化先进工作者，曾被毛泽东及其他中央领导接见。他经历过苦日子，但他并不看重金钱。虽然他的一幅长卷山水国画，被人以 2.5 万元收藏，但朋友索画，他仍然有求必应。南方的画贩子登门收购他的画，却几句话被他拒之门外。

他无声无息地走了，但他留下了一批精美的艺术作品和上百本的写生笔记。在病床上，他意识到自己再也难握画笔，想到的是尽快整理出这些写生稿。“或许能对别人有用。”

他说这句话时，笔者第一次看到他的眼睛有些湿润。他以一个共产党员的坚强，与病魔抗争了最后的三年，正是在这最后的三年里，他完成了人生征途和艺术峰巅的最后冲刺，给后人留下了一份宝贵的精神财富和无限的轸念。

原载《河北日报》（1999 年 3 月 25 日）

渊源、嬗变与集成

——地域性综合艺术史志《燕赵文艺史话》编后

在科技和经济发展全球化的今天，一个民族的文化受到不同程度“强势文化”的冲击，也是不可避免的事。但经济发展全球化，绝不会带来文化发展的全球化。相反，现代化的冲击反而刺激了民族文化意识的惊醒，对本民族文化传统的高度重视，民族自尊心的进一步强化，已成为发展中国家民族的一种趋势。正如美国思想家塞缪尔·亨廷顿在《文明的冲突与世界秩序的重建》一书中所说：“80年代和90年代，本土化已成为整个非西方世界的发展日程。”“我们正在目睹‘西方意识形态主宰的进步时代的结束’，正在跨入一个多种不同文明相互影响、相互竞争、和平共处、相互适应的时代。”

最能体现民族情感、民族传统、民族意识的莫过于民族的艺术，地域性的民族艺术是民族文化的重要组成部分。从这个角度讲,近日由花山文艺出版社出版的《燕赵文艺史话》,是较为及时地对地域文化的一次重新整合和自我反观。该书可贵之处在于集中对河北省的文学、戏剧、美术、书法、音乐、舞蹈、曲艺、杂技、摄影、影视等十个艺术门类，从其历史渊源、嬗变发展、风格倾向、成果展现等方面进行了系统梳理，这在全国尚属首例。该书四本十卷近200万字，时限上达远古，下至公元2000年，60余名专家、学者历时6年方才完成，可谓工程浩繁、内容广泛、史料丰厚、门类齐全的集大成之作。

如果说，所有的艺术史都是思想史，那么该书虽然立足于燕赵大地，我们从中仍可感受到中华民族传统意识和民族性格的缩影，我们从“荆轲至燕、渐离击筑”能感受到古乐悲壮的旋律；从固义的“傩戏”，冀州的“角抵”，能感受到中国戏剧的艺术基因；从磁山的陶器，安平汉墓的壁画，能感受到中国美术独特的审美情趣；从“禹步”作舞,井陉“拉花”，能感受到独特的民族舞姿和鲜明的民族性格。该书追本溯源的文化寻根和艺术嬗变的系统梳理，不只为我们提供了对纵向历史的深度了解，同时，也对各历史时期的不同门类艺术的共同规律提供了横向比较的平台。这些丰富史料的汇集，使读者在游目骋怀的同时，也会引起探赜索隐之兴。

地域的历史风云、自然环境、民族血脉、风土人情，孕育了地域艺术的特质；民族的融合、人文的交流、时代的发展，又使地域艺术呈现丰富多彩。但慷慨、悲壮、沉雄、豪迈的壮美情趣和大美的艺术风格，在燕赵多门艺术中重复出现，这也许会为我们勾画出一幅颇具鲜明个性的历史画卷。

该书另一个可贵之处，就是对2000年以前的当代艺术没有回避，而是从纷乱的艺术思潮中，牢牢把握民族传统之脉，使之古今贯通，一脉相承，对艺术的发展提供了现实的依据。特别是对一些新兴艺术门类的挖掘与梳理，如摄影、影视、杂技等，无疑为史学界填补了空白。但写史早有“史不写今”之说，其难点不言自明。今天的现实总会成为明天的历史。及时的资料整合要经过历史的沉淀，总会为后人提供基础。从这个角度讲，编者的勇气和高度的责任心也是十分难能可贵。

明变、求因、评判为大多史书奉行的要素。《燕赵文艺史话》正是遵照这样的宗旨，用辩证唯物主义和历史唯物主义的观念对浩繁的历史资料进行了梳理。但整部著作读来并不乏味，这多半在于以“史话”的形式向大众文体倾斜，具有一定的通俗性。尽管笔法尚欠完全统一，有些资料有被重复使用之嫌，但仍能感受到这是一部集学术性、知识性、趣味性、史料性、通俗性为一体的成功之作。它将会为后人的艺术研究，提供可靠的基础。

原载《中国艺术报》（2006年9月23日）

文学评论

宋聚丰小说论

宋聚丰的小说近几年颇令人瞩目。自1982年中篇《白云升起的地方》（以下简称《白云》）发表以来，六年间已发表九部中篇和一部长篇，且接连三届在河北省获奖，可谓不同寻常。但他似乎是一位不善于发表宣言的作家。记得他的第一篇小说《白云》获奖之后，河北省作协组织创作座谈会，不少人满怀希望想听他的“经验之谈”，结果却令人大失所望，他满口浓重的邢台话，没有几个人能听出个子丑寅卯。然而时隔不久，一部长篇《远山》问世并再次获奖，在河北文坛又引起了不小的震动。他是靠一篇篇扎实的作品赢得读者，并愈益引起更多人的关注。他的作品紧贴时代，反映现实，很注意变革生活对人的感情投影，特别是表现山区青年男女对人生价值的追求，对命运的颖悟以及对传统文化的思索方面，都进行了审美意义上的不同寻常的展现，并取得可喜成果。

应该说，宋聚丰是以中篇小说起家的。早在河北师院读书的时候，他曾试写过长篇，但没有成功。后来曾在内部刊物《邢台文艺》上发表一篇近似中篇的小说《朋友》，这篇作品不仅在字数上接近中篇，而且在矛盾组织和谋篇结构上也完全近似中篇。尽管在内容上还显得单纯，笔调也见幼稚，但已初具后来一些作品的基本笔法。

一个作家的成长过程，往往也是对生活认识的深化过程。如果说，在《朋友》中，作者通过两个青年友谊的离合变化，对那个极左年代流行的血统论进行了有力的批判；那么在《白云》中，作者则更进一步思考那种极左政治的余波仍将是未来生活的巨大障碍。在这篇作品中，作者选择了一个鲜为人知的独特环境——太行山区一个小小的林业站。青年农民鲁江和技术员小凤一心扑在树种更新上，却遭到了吴仁魁的百般刁难。吴仁魁当年是这里的公社书记，极左路线的积极推行者，曾“指挥砍树造田，多次把鲁江的林业队当成重副轻农典型批”，为此后来遭到鲁江和其他群众的控告，使他提升县委组织部部长的美梦随之落空。于是，他耿耿于怀，软硬兼施，迫使鲁江撤回原来反映的问题，一计不成，便把鲁江解雇回家。在拨乱反正的几年里，此类干部并不少见。作品令人警醒的是，粉碎“四人帮”之后，像吴仁魁这样的无赖仍然余威不减，照样以权代法，横行乡里。那些淳朴山民唯一的反抗手段是：当他家失火时个个袖手旁观，使这座时髦的“金銮殿”霎时化为废墟。应该说，这篇作品写得比较尖锐，它揭示了一些横行霸道的“土皇帝”已经完全到了和人民对立的地步。当然，这部作品还算不上十分深刻，由于作者把一些社会问题简单地归结为某个坏人的作用，在很大程度上削弱了作品的思想内容。例如把吴仁魁写成一个拐骗自己妗子为妻，又昧着良心把舅父打成富农赶出家门的无耻之徒，这实际上就大大削弱了人物的典型性，矛盾的意向也便失之肤浅。

在《朋友》和《白云》中，可以明显地感觉到，作者从政治的角度着眼，揭示了特定时期的社会问题；那么在《宝石》和《汤泉风情》中，可以看出作者更多地用经济意识观照现实，从更广泛的角度反映农村经济变化引起的人与人之间关系的变化。《宝石》中的苗林山和《汤泉风情》中的林泉秀,都是新的经济政策下涌现出来的具有经济头脑的新人，前者凭自己的学识，克服种种困难，终于为村里办起了石英矿料厂，为全村致富开辟了一条光明道路；后者承包供销客店，打破世俗观念，从更长远的目标治理温泉，终于得到更多人的信任。我们看到，这类人物原来的社会地位并不高，又往往因为他们不同寻常的行动遇到别人的误解，但最终人们仍选择了他们。而与之相对的是队长苗全会和公社副书记魏梅菊这一类干部。前者在新的形势下，只顾个人发财而不择手段，终于走向了反面；后者则陷入僵化的政治泥沼无法自拔，成了一个悲剧的扮演者，这正是时代变化对每一个人的价值的重新审视。

《远山》的发表，标志着宋聚丰创作上的又一次飞跃。这部作品不管是从艺术的审美价值，还是从思想内容的深度上看，都较前有明显的提高。作者已不只满足揭示改革中某些社会动向和塑造几组性格鲜明的新人形象，还从人本的角度揭示人的自我意识的觉醒和对自身价值的重审，揭示人的价值和历史对人的塑造，作者的视角开始从外部世界向人的本体转化。杨新堂由于出身不好，多年来在他心头形成一种受人歧视的阴影，但他的灵魂深处没有屈服，反而形成自己冷眼处世的独特生存方式——“不以物喜，不以己悲”，一切靠自己的力量去争取。历史的扭曲反而使他增加了自我张扬的反弹力，当时代给他提供了机会时，他便表现出旺盛的活力和出众的才智,同时又表现出对权势特殊的敌视和反感。他养奶山羊、种药材，又承包砖厂，一下子成了青年们心目中的“及时雨”，但他却不能容忍自己爱的人对干部的依附和乞求，当他发现自己一心爱着的女人竟甘愿听任新权贵姚新泉的摆布时，便毅然和她断绝来往。应该说这是一个男子汉的强人形象。与之形成鲜明对比的则是另一个形象邢春苏。她有过美好的青春和纯真的爱情,但她在特定的历史环境中，经不起政治的压力和生活困境围逼，轻易地放弃了爱情而违心地嫁给了老支书的儿子“二百五”，并且为了弟弟的前途自愿帮姚新泉缝衣、造厨，用人般地劳作。她的心理平衡只能依赖传统的生活信条：“吃亏是福，能忍自安。”她勤劳、善良、温柔，同时也胆小、自卑、愚昧。从她身上我们既看到了现实对她的扭曲，也看到了传统文化对她的塑造，直到最后，她才觉悟到做人应当“把头长在自己的脖子上”，从而要求自强自立。所以，这部作品除具有社会生活批判与道德审判意义外，还具有超越表象的历史人文内涵，强烈的人性张扬意识形成了这部作品的主旋律。

围绕这一基本主题，作者在以后的两部中篇中，又曾进一步发挥。《荒滩》中的镯儿和《黑峡谷》中的阎子琴，都是在和命运抗争中逐渐实现了自我选择和自我创造。前者从现代都市的尘雾中认清了自我生存的基本点；后者则从世俗传统的罗网中摆脱出来，实现了自己爱的自由。这里我们看到，作家对人物的塑造，已经使性格逻辑服从了生命逻辑，对人物性格行为显现出较为清醒的人格批判态度，从而使作品有了更充盈的内涵和更深厚的底蕴。还应该提到的是，在《黑峡谷》中，作者用戏剧性的笔调揭示了一个令人深思的社会现象，即传统的封建道德，在众多人的心灵深处仍是最根本的道德依据。地主出身的教师阎德才，在“运动”中从省城遣返原籍被管制改造，在无法生存的情况下，将大女儿阎子琴嫁给了贫农出身的霍大山。数年之后，阎德才复职回城，阎子琴也在政策许可的情况下进城安排了工作。于是，本来没有爱情基础的婚姻关系出现了破裂。这应是极为正常的现象，但峡口村的山民们不能容忍，大骂“绝货”，一心为村里办好事的疙瘩支书更是风尘仆仆，上下捏合；而阎子琴的父亲阎德才，从封建伦理观念出发，也千方百计阻止女儿离婚。于是，一贯看不起“少东家”的疙瘩支书，此时才突然发现，还是“老阎的家教好”，在和“少东家”联合阻止离婚中更加敬佩“老阎的人品”。至此，我们看到，一个多年党龄的共产党员和一个曾经剥削过自己的少东家，之所以紧握起一双手，并不是因为一方改造了另一方，而是在封建文化的底线上取得了一致的默契。这不是很有点讽刺意味吗?

从《白云》到《黑峡谷》，在这段创作时间里，宋聚丰的小说逐渐形成了自己的模式。有人把当前纷繁的小说形式归结为四种模式：锁链式的情节结构，辐射式的心理结构，网络式的自然结构，立体深层式的文化结构。如果这种归纳有一定概括性的话，那么宋聚丰的小说，则基本属于锁链式的人物——情节结构，更多倾向于现实主义的传统手法。宋聚丰很善于写故事，即使有众多性格鲜明的人物形象，也要千方百计地用故事把他们串联起来，而这些故事几乎都要有一个“中心事件”为轴心，这些“中心事件”又往往和某种“生产斗争”紧密相关。如：《朋友》中的土水针试验；《白云》中的栗树优种改良；《宝石》中的石英石矿料发掘；《汤泉风情》中的温塘改造；《远山》中的建砖窑；《荒滩》中的办沙厂……这些外在的框架，足以使作品冠以“改革文学”而备受青睐。然而，这种事件情节结构也往往给作品带来一定的局限性。由于情节结构模式多属于作家对现实生活那种较为明朗、直线因果式的感受和认识方式，它反映了时代对小说的一种以功利为核心的要求，所以这些作品反映的主题意向往往显得较为集中、明确，情节间也往往构成一条环环紧扣的因果链，这种封闭式的结构也就难以成为多义和复调式小说的载体。这在《远山》中表现尤为突出，尽管作者在叙述方式上打破了线型结构，采用别致的交织式的艺术格局，频繁分节，交叉描写，平行推进，但在情节结构上，仍然是件件事出有因，线线接茬，密不透风，这无形中侵占了读者的思索空间。还应当看到的是，由于过分注重情节编织，就难免出现戏剧化倾向：一是借助特殊的人物关系使情节复杂化。如：出身不好的杨新堂竟是老支书的私生子；阎子琴热恋的对象是自己丈夫的亲弟弟；林泉秀和自己的情敌又是姥姥家的姑表亲。二是借助偶然巧合制造矛盾冲突。如林泉秀给尚明谨写的纸条，误传给魏秀菊……这些固然会给作品带来较强的可读性,但一旦过分就会失去读者的信赖感，影响思想深刻性的表达。正如莫泊桑所说："企图用生活的准确形象描绘给我们的小说家，就应该是避免一切显得特殊的一连串事件。他的目的绝不是给我们叙说一个故事，娱乐我们或者感动我们，而是强迫我们来思索，来理解蕴含在事件中的深刻的意义。"

宋聚丰小说中的人物,绝大多数都能在生活中找到原型，这也是他小说人物丰富多彩的一个重要原因。宋聚丰在县委报道组工作时，曾长期奔跑在太行山区，不只十分熟悉这一带农村的风土人情，而且对农民的各种心态也极为了解，所以他笔下的人物大都个性鲜明，极少雷同。特别是对农村基层干部的形象，他写起来似乎更是得心应手，这些干部尽管执行的是同一条政治路线，但他们又是截然不同地表现着自己。正是这些不同个性的人物，使作品在同一层面上呈现出不同的色调。

宋聚丰在人物组合上，多采用对比排列，让人物在对比关系中自然体现意义。如《黑峡谷》中霍疙瘩和阎德才，大山和二山，子琴和子笋，这种对应关系不仅使人物的表演拥有更广阔的场所，而且使人物性格愈加鲜明突出。

浓重的地方特色，显然是宋聚丰小说的另一个鲜明特点。在我省的文学作品中，冀南太行山区始终是一个未能开发的区域，宋聚丰的小说恰恰填补了这一空白。温泉“捞河”，河滩“淤地”，这些独特的生活环境不仅为我们展现了一幅幅浓郁的风土人情画卷，而且对我们的传统文化也是一个很好的揭示，特别是对一些地区方言的利用，作者也掌握得较有分寸，读来别有韵味。

近年来，宋聚丰又想摸索一条新的路子，用他的话说，想用通俗小说手法写纯文学小说，用纯文学的笔调写通俗小说。这个想法无疑会给他的小说带来一些变化，只是尚未看到用“通俗小说手法”写出的纯文学作品问世，倒是见他一口气抛出了四部地道的通俗小说：《曼陀罗花之谜》《毒蛇之吻》《微雨燕双飞》《复仇女神》。这些作品着实让一些书商赚了不少大钱，听说最多发行达八十多万册。这些作品充分显示了作者编故事的才能，由于过去他的小说属于“人物——情节”模式，使他写起通俗小说来更加得心应手，但这绝不是那种单靠故事悬念、凶杀言情刺激读者的廉价之作，他果真没有忘记作品中人物形象及形象本身所折射出的社会意义。这些作品除故事曲折、情节动人之外，大都有个性鲜明的人物形象和较为严肃的社会含义。《曼陀罗花之谜》和《毒蛇之吻》中，两个老公安的人物形象仍不失其文学的审美价值，他把人物内心的复杂感情体现为外化的行动，使作品更增加了神秘的气氛。这一点也正是他过去作品中所缺乏的。不过无论如何，这些作品潜在内容毕竟是被那些惊险的情节、曲折的故事所替，作品在因果锁链式的结构中，更加显现出封闭性，除了情节的“新、奇、巧”之外，作品所留给人们的思索余地也便微乎其微了。宋聚丰能否沿着这条路走下去，还将拭目以待。

1988年12月20日

原载《河北小说论》（花山文艺出版社1989年10月出版）

文化 道德 时代

作为人的价值判断的内在依据，人性与道德有其统一部分，也有其矛盾差异。而这种矛盾与统一不只显示着一个民族的文化心态，而且也更深刻地显示着社会发展和文化嬗变的内在生机。在“《长城》一九八五小说评选”获奖的短篇小说中，《渔魂》和《这一片大海滩》都从不同的角度，对道德领域和人性进行了当代尺度的观照，读后颇能令人深思。

《渔魂》中王大头空怀一身捕鱼绝技，四十岁上仍是光棍儿一条，乡亲们乐于请他帮忙，他也只图“穷快活”。这便构成了一种并不合理却很和谐的人情关系。可是当他意识到要用自己的技术赚钱娶妻时，村人们便对他另眼相看了。在古风犹存的淀洼渔村里，王大头追求自身价值，原本无可非议，但他客观上用金钱关系破坏了淳朴的人情关系，于是他在人们心目中便成了“钱的躯壳”。但是，当王大头用钱换来的小媳妇“飞了”时，人们又对他异常同情起来。王大头毕竟是一个活生生的人，人性的本能再一次打破了群体观念对他的塑造，他又和三寡妇有了私情。于是他在疾“奸”如仇的小村人眼里又变成了“魔鬼”。在这里，我们看到了人性和道德的冲突。当王大头凭自己的经验技术以至冒自己的生命之险使全村老少免于“行凌”的毁灭之灾时，村里人才突然改变了对他的看法，甚至三寡妇把冻僵的王大头抱在怀中，所引起的不再是村人的鄙视，而是敬佩。这种变化不只表现了村人们那种朴素的感恩意愿，而且还基于对王大头作为人的价值的重新估量，从而实现了对道德观念的超越，显现了一种人性与另一层道德的重合。但我们不可忽视，这种对封建道德观念的超越仍是基于以群体利益出发的更大的道德观念。这种淳厚人情和朴素的价值观念显现了一种独特的文化心态。这种文化心态又是一种应变力很强、能自我调节又自我圆满的心理力量。这在《这一片大海滩中》也不同程度地得到了揭示。浪头子刘长海因舍己救人而丧生，他的遗孀毅然挑起了抚养四个未成年孩子的重担，并拒绝了被救人家对孩子的“补贴”。“自家的生活要自家挣”。这是一位多么令人敬佩的母亲，但为了生计，她又厚着脸皮去“摸网”，甚至还从船上偷下了一网兜梭鱼。乍一看，这是一个十分矛盾的人物，但细品味，便会感到一种道德的升华。她本并不情愿去抢、去偷，但出于母爱的本性，为了孩子的生存，她撕破自己人格的尊严，冒担罪名，这不能说不是另一种奉献。所以，渔民们对她并没有鄙视，而是给予她更多的理解与关照。至此，那种自强不息的生命意识和母爱的本性，使她在这种独特的文化心态中，完成了人性和更高层次上的道德重合。

《“老伦敦”其人》和《乡邮》是两篇更贴近现实生活的佳作，作品都程度不同地揭示了时代变革给人自身价值观念带来的巨大变化。“老伦敦”六十二岁高龄出任县中学英语教员，决心将自己“标准的伦敦话”传授给学生，他就兢兢业业，尽心尽力，又丝毫没有架子，还帮食堂挑水做饭，帮传达室“推油滚子”，更可贵的是他义务授课分文不取，这在普遍重视“经济效益”的今天，“老伦敦”的人品和思想境界确实令人敬仰。但科学竟如此无情，恰恰是这位为国为民抱有一腔热血的老人贻误了“将近二百名学生”。该县在全区英语统考中得了倒数第一。这是一种以“善”的动机造成的悲剧。但作品并非揭示动机与效果的关系，而是旨在表现时代的发展变化对每个人自身价值的重新界定。作品不仅塑造了一个具有现实典型意义的艺术形象，同时也折射了一种文化心理。H 城崇“老”的传统观念以及那种在科学面前自欺欺人的自圆其说，都不同程度地揭示了悲剧的潜在因素。如果说《“老伦敦”其人》从人落后于社会现实的角度显现了时代的发展，那么《乡邮》则是从人自身的觉醒反映了时代的变化。赵老贵盼望出外搞基建的儿子来信，儿子却只寄回一份汇款单。论说，最注重实际的农民对汇款单看得应更重于一纸书信，但在赵老贵的心目中，它们的价值已悄然地颠倒了位置，体现对外联系的书信，在这位长期处于贫困封闭条件下的农民心目中竟产生了几分神圣感。这是一种在物质生活提高之后对精神、文化的渴求，也是一种从自给自足封闭状态下转向对外联系的觉醒。但是，现实的文化贫困又为这种觉醒带来了不可避免的悲剧色彩。所以，当赵大叔请来识字人硬要把汇款单上每一个铅字都当信件来读时，作品便产生了“黑色幽默”式的效果，喜剧中渗出了悲剧色彩，读后不禁令人心酸。

从这四篇获奖作品中，我们确实看到河北的作者队伍经过两年的跋涉，终于迈出了坚实的一步。这些作品在艺术的追求上也都各有千秋。《渔魂》和《这一片大海滩》都以雄浑、苍劲的笔调展现了一幅水乡海域的风俗画。那种对民俗民情的透视，表现了作者更注重追求写出生活的原生形态，写出生活的质感。汤吉夫的《“老伦敦”其人》以其一贯的幽默笔调，寓庄于谐，更显出对生活“从容地端详”。《乡邮》语言朴实，构思精巧，作者对人物的心态把握也颇有分寸，所感不足的是整个作品的立意尚单一，表现得更含蓄些也许更好。

原载《文论报》（1987 年 6 月 21 日）

简评《长城》一九八五年获奖小说

如果说，近年来《长城》发表的作品有些起色，那么，从1985年一些获奖作品中可以品出一些滋味来。作家的目光从生活的表层变化，逐渐转向复杂的深层，洞幽烛微，使作品增加了意蕴的厚度，增加了历史的穿透力，也增加了耐人咀嚼的回味感。

如果说，时代精神更多地体现在这一时代区别于其他时代的发展趋势上，那么，这些作品较为形象地展示了时代风貌，具有强烈的时代气息。同时，立意的延伸性，形象的丰富性，手法的复合性，构成了这些作品鲜明的特色，给人留下深刻的印象。

立意的延伸性

读完这八篇获奖作品,如果用一两句话概括它们的主题,显然是困难的。这些作品大都不像前些年我们读到的一些作品，主题鲜明、突出、集中，读者会很清楚地知道作者要告诉给你的是什么。作者冲破了过去那种简单化地反映生活和描写人的程式，注重深掘社会生活的各个层次，并注意隐秘地微变，使作品增加了含蓄性和回味感，给欣赏者留下广阔的再创造空间。

在《十八岁的哥哥》中，高中毕业生曹润生，考大学落榜，结束了学生生活，毅然握起锨把，从一锨锨筛选河滩的卵石开始,加入了庄稼汉这个庞大的劳动大军。对于这一点,曹润生没有过长的适应过程,因为他毕竟是农民的儿子,“一切既显得简单，也很自然”。况且用他父亲的话说，“而今做庄稼,日子也好过了”。他的生活设计也颇具浪漫色彩——养蜂，“天南海北去赶花采蜜”。但当生活的幕布向他拉开的时候，他才感到即使在这偏远的山村里，生活也比他想象的复杂得多。新的农业政策虽然给农村带来了勃勃生机，但也还有大量不那么美好的东西以各种形式客观存在着：老实巴交的农民最痛恨走后门，但为了卖掉积存的石头，又不得不去走后门，找关系；乡亲们为了托他找关系卖掉石头，竟接二连三地给他送去了“贡品”；曾主动向他表示过爱情的女朋友，时隔不久，便被其父亲在县里当干部的“公子”轻易地夺去了；不久，村长又施展手段，不动声色地解散了农民自愿组织的“卖石头协会”，而他在乡亲们推举下就任的“卖石头协会”会长的职务，也被村长的儿媳妇取代了，他反而背上争当干部的嫌疑……在复杂的生活面前，在一连串不公正的打击下，单纯质朴的“十八岁哥哥”躺倒了。

如果说，作者借用青年曹润生单纯的目光，折射生活中某些丑的东西，进而抨击当前农村中的不正之风；那么曹润生的一系列遭遇也确实令人义愤，确实会引起我们对“十八岁哥哥”的同情。但作品所揭示的远不止于此。作者的笔触揭示出一个较有普遍意义的问题，即青年人的“社会化”问题。人从“自然人”到“社会人”，都有一个潜移默化的“社会化”过程，而青年人从校门开始步入社会又往往是“社会化”的重要关口。曹润生第一次在河滩里看到，乡亲们为争卖石头，竟发生了流血事件。他首先想到：“在学校里，班主任常常给他们讲文明道德，要尊重别人的人格，要尊老爱幼，要有礼貌……可是在这河滩野洼的地方，谁讲这些道理呢！”这正是他的第一个不适应。继而，他便感到生活中竟有那么多“不期而遇”，以致最后当他“躺倒”对生活进行反思时，“才强烈地意识到自己头脑太简单了，简单得令自个儿憎恨”。

“十八岁哥”碰壁，固然和社会上一些不美好的东西存在有关，但绝对纯的生活环境在任何时候都不会出现的，他所缺乏的正是对生活的充分估计和驾驭生活的能力，偶然中蕴涵着必然。青年初步踏入社会，面对复杂的社会现象，往往要有个适应过程，然而把青年的“社会化”仅仅理解为消极的“适应”，那也未免失之偏颇。青年人从单纯的幻想彩云里，一下落在现实坚实的土地上，敢于正视现实生活，这仅仅是青年社会化过程的第一阶段。青年“社会化”还有第二阶段，即能动地改造社会，推动社会的发展。作者在揭示曹润生的这一过程中没有忽略这一点，所以作品最后告诉我们，曹润生在对自己的生活进行了一番总结之后“心里有点冷，却不空虚”。他不会从此变得消沉，只会进一步总结教训，提高驾驭生活的能力，从人生的第二个“驿站”开始，坚定地走下去。

生活是美好的，但人生的旅途绝不是一件轻松的事。对于生活中无数个“十八岁哥哥”来说，作品的弦外之音不能说不是一句贴心话。

《黑洞》的作者是一位崭露头角而又颇有潜力的文学新人。她以锐敏的思想为我们提出一个具有普遍意义的课题：人们为什么喜欢“贤妻良母”式的女性？“事业型”的女人立足社会为何这样难？

女主人公尤兰田，只是想在事业上干出一番成就，却遭到“深深爱她”的丈夫公然反对，甚至辱骂、毒打；而在世人的目光里，她也因此变成了不可理解的“危险人物”。一个碌碌无为的女人并没有人指责，一旦女人在事业上有所作为，立即就会遭到世俗观念、传统伦理的围攻。这种现象和当今时代又是多么不谐调。然而它照样在生活中大量存在着，而作为改革家的厂长也无能为力，只能规劝她“不能盲目向生活挑战，要少失误，要培养自己对孤寂的耐受力……”。如果说，作品旨在揭示这种历史的惯性和某种传统的积淀，那么这个立意也许并不新鲜，作品也只会流于事业与家庭婚姻矛盾的一般主题，主人公充其量也只是个新时代的娜拉。然而作品所引起人们思索的却远远超过这个命题。唯物辩证法告诉我们，任何一种社会现象绝不是孤立存在的，作品不但揭示出“女性生命价值的最高极限不在于她为男人做出牺牲，而在于对整个社会，对全体人民贡献了什么”，而且还把笔触探向一个颇敏感的区域：爱情的危机与巩固、老化与发展。进一步探讨与“事业型”女人家庭悲剧有关的潜在因素。

“爱情是容不得老化的，它不能滞留在一个点上，停滞意味着衰亡。爱需要不停地充实与灌注。相爱的双方必须不断地在生活道路的前方寻找共同点。两颗心因相互理解而贴在一起，因产生隔膜而分道扬镳。生活在变，每个人都在变，如果双方变化是相互适应的，在情趣上、目的上，在事业的共同性上，或虽有不同却能相互补充，那么爱情是一定能够保持并获胜的。”也许这段对爱情的议论寄寓了某种理想色彩，但不能说不是时代赋予的对爱情的理解，所以也更具有其普遍意义。宋向东和尤兰田的婚姻并非一开始就是没有爱情的婚姻，也不是因社会地位的变化使一方负于另一方，而是在变革的时代中，两人的生活目的发生了“两极分化”。宋向东在社会变革的冲击下，没有做到应有的适应，更没有“相互补充”，感情的维系只依赖于那种本能的“占有欲”，所以导致家庭悲剧也有其必然性。如果说人生是一个过程，那么爱情也是一个过程。既是过程，就会有产生、发展以至消亡。然而，“在我们生活中、爱情中，占首位的是道德和义务”。即使李荆扉这样一个知识分子新型厂长，虽然能在改革上做出成就，能在事业上对尤兰田给予鼓励和支持，但在微妙的精神领域里，也不得不望而生畏，极力回避。“感情告诉他，他最需要的是谁，理智告诉他，他应该如何把握自己。人到中年，面对的是庄严的责任和义务，这些是高于一切的”。不管从社会功利的角度讲，还是从他特定的厂长身份角度讲，他是自有其道理的，是符合社会规范的。然而这种感情与理智（实际上不能说不包括传统观念）、情爱与道德的矛盾，却在生活中屡见不鲜。只不过这块领地似乎是“重点保护区”，涉足者稍有不慎，往往会遭到鸣鼓而攻，这果真是精神世界的“黑洞”吗？如果说天体中的黑洞随时都在威胁那些弱小的星球，引诱它们脱离自己的轨道，因而才引起天文学家的关注与兴趣，那么精神世界的黑洞，已经引诱不少人在这个问题上碰壁、摔跤，以至身败名裂。这还不值得引起更多人的关注吗？作品以女主人公——一位“女强者”的思索启示我们，当前的改革，不只限于经济领域，还应深入社会的精神领域，深入人们的心灵世界。所以这部作品的内涵丰富且又充满哲理意味。

《窨花岭》的作者潮清，是近几年河北省较为活跃的中年作家之一。从他的《单家桥的闲言碎语》等一系列中篇中可以看出，他致力在农村商品生产这个新课题上做文章，写出了不少较有影响的作品。《窨花岭》正是作者系列中篇之一。作品通过对陈文治和陈文轩这两个农村青年的刻画，展示了对发展农村商品生产两种截然不同的态度。小老大陈文治是个既有长远目光，又颇具才智的农村青年。他对茶叶生产有一手高超的技术，为给整个村庄打开茶叶销路，不惜劳苦，四处奔波，以优质的佳品，闯牌子，做广告，甚至立志要把传统的“草鞋岭”改名为“窨花岭”。生活对这样诚挚的青年并非淡漠，他很快便在外地造成了极大的影响。然而时代的发展总要带有历史的尾巴，旧社会那种拜金主义、见利忘义的阴魂又在陈文轩身上“附体”了。当陈文治赢得单家桥茶商的充分信任的时候，陈文轩却以次充好，钻空子大捞了一笔钱，从此使陈文治苦心经营的“窨花岭珠兰花茶”的名誉一败涂地。

如果说作品在赞扬社会主义商业道德的同时，对那种尔虞我诈的奸商作风进行了有力的鞭挞，从而揭示社会主义商品生产和资本主义商品生产质的区别，那么，这还远不能概括这篇作品的内涵，作者的目光没有停留在表面的社会现象上，而是把眼光深入特定时代民族文化心理结构的变化上，去探索历史形成的文化潜流，怎样在不同的人物性格和心灵中留下印记,使人感受到时代风云的推移和时代心理的衍变。陈文治对开明资本家韩继羽以往的业绩，既没有全盘否定，也没有全面继承，而是吸取他那有益的经营方式，使自己从狭隘的小农意识中跳了出来,敢于把商品推向更广阔的社会。他绝不同于当年的韩继羽，是因为他的着眼点已不只是个人的发家致富，起码是整个窨花岭。所以他才有气魄敢于牺牲个人利益，用自己的好茶叶换回了陈文轩出售的劣品。陈文轩则更多地吸取反面经验，认定“气粗才能财大”，“气壮才能理直”，于是偷工减料，拉拢贿赂，投机钻营，不择手段。他也确实发了一笔横财，还以“捐献两千元”使“嫌贫爱富”的乡长亲自送来一块“带头致富”光荣匾。至此，我们方可看出，作者所揭示的新时期的复杂性又往往折射了某种历史的沉积，揭示人民创造历史的内在机制，引起人们对新生活更多的思索；使作品具有深沉的历史感，显示出一种回环曲折而层递前进的穿透性。

《眼光》《金瓶梅一案》《这一片大海滩》等短篇小说，在立意上也很耐人寻味。作者更趋向于在生活原色的基础上，像信手撷取生活中一朵平凡的浪花，却又透视出更广阔的世界。

形象的丰富性

摆脱过去的模式化、类型化，多层次地展现人物，写出人物性格的丰富性、复杂性，是这批获奖作品的又一特色。

《军界谋士》中，作者始终把目光集中在人物的性格上，用他们的音容笑貌、言谈举止和内心世界，绘出了一个色彩丰富的艺术群体。季浇栗过去曾是一个思想活跃、精通业务、分析能力很强的参谋，因当众论证了金副参谋长意见的不正确，而遭到了打击，从此便消极圆滑起来，表面上喜怒笑骂，一副大智若愚的神态，内心里却是“当效徐庶进曹营”，只想及早转业。白可从小接受妈妈的教育，“认认真真学习，谨谨慎慎做人”，终于养成了一副平和柔顺的脾性，诸事不争，谨小慎微，尽管在军事上有自己的见解，却不敢向军长陈述自己的意见。邢植生天生一副“倔脾性”，当他发现军长作战部署上的“漏洞”时，四次直谏，在被解除职务后，又以一个军人的名义直接打电话陈述自己的见解，表现了当代军人应有的素质和参谋道德。女参谋齐荠是军长的女儿，她豪爽、泼辣，又具备一种男子气质，在对待爱情问题上，也表现得果断而又率直。当她发现在进谏问题上，白可畏懦卑怯，就断然和他终结了刚刚开始的恋爱关系，并大胆主动地向邢植生表达爱慕之情。从她身上既表现了高干子女某种傲然之情，又表现出刚毅、正直的军人风格。刻画人物的个性，不只停留在把人物写得鲜活。作者又进一步揭示了每个人物性格的变迁史,从而使每个人物都展示了社会的一个面。白可父亲因得罪人而被送往“农场改造”，所以母亲从小就注意磨掉他作为一个男孩子身上常有的那些棱角。邢植生因为小时候母亲抛弃了父亲，所以他对齐荠那种闪电式的表达方式断然拒绝：“我从七岁起，就恨那些朝三暮四的女人！”从而使人物个性鲜明而又具有整体性。

贾大山的《眼光》中，钱八万是个“既简单又复杂”的人物，他突出的特点是精明能干，巧于算计。生产队开始包工时，他向队长提意见，锄湿地、干地、不湿不干的地，不应当记同样的工分，甚至“锄谷草锄花草一样记工分，也不合理”。所以政策一变，他像早有准备似的立刻对家里做了安排：老大种地，老二养鸡，老三两口子精明，在火车站开了酒馆……而他自己却养了一条配种的公狗“开狗窑子”。于是他领到了“勤劳致富光荣证”。但他无法摆脱自身小农经济所造成的狭隘和自私，母狗配种要立一个条约，生下小狗必须给他一只，而一只小狗抱到集上出手就是三四十块。所以在别人眼里，他是个“针尖削铁，燕口夺泥”的人物。

但他并非只有见钱眼开的一面，也还有另一面。邻居刘云珠是个拐子，又因媳妇计划生育做了手术，出于乡邻间的情谊，他主动帮助刘云珠割了一块麦子。不想为此他却受到公社通讯员的采访。当他知道自己的行动将会广播、上报时，又表现出那种对荣誉的跃跃欲试，竟顺着对方的诱导，吹嘘自己是为了“精神文明建设”，“是心里美，学雷锋见行动”。当他的事迹被夸大其词地广播之后，遭到乡邻的嘲笑和挖苦，他又表现得十分胆小怕事，流着泪要讨回割麦子的报酬，以摘去自己的“典型”帽子。可以看出，他既不属于那种有胆有识的农民企业家，也不属于新型农民的万元户。他只不过是一个普普通通，甚至有点滑稽可笑的小人物。但是，“一个人越是被普遍事物所渗透，他的个性的优点和魅力就越是显著的，他也就越是显得所谓是特殊性”（别林斯基语）。所以从这个人物身上折射出来的社会内容也是丰富的。我们不仅看到旧社会在他身上留下的烙印，同时也看到极左的浮夸遗风对他的扭曲；由于他自身发财与做人的矛盾并没有得到和谐的统一，常常使他处于一种孤立窘境，所以也可以说，这个人物身上不同程度地反映了精神文明与物质文明的某种微妙的关系。

还应提到的是短篇《私情》中，詹梅如也是一个不多见的形象。这个文物鉴赏家似乎有点古怪，有点神秘莫测。这不仅是他对文物鉴赏有渊博的学识，而且他还常常办出一些在常人看来有悖情理的事来。他宁可让别人叫他老师，先生，同志，而不容许叫他“师傅”。他认为“从五十年代的‘同志’到八十年代的‘师傅’，是人伦关系的倒退”。经理见他上楼取东西，让他顺便带下一把拖把，他却“顿时脸色绯红：‘我不是勤杂工，凡是顺便之事，即便是以逸待劳，你也不要找我！’”乍一看，他似乎有些性情乖僻，甚至有点喜欢小题大做。但直到最后，我们才会觉着他这些古怪行动是多么合理，否则，他便不会有“内举不避亲”的行动。可见作者在把握人物个性的分寸感上是颇具匠心的。

手法的复合性

严格地说，这次的获奖作品在手法上多属于传统的现实主义手法，但又相应地吸收了一些新的成分，使作品的风格、色调更趋向于复合性。

《黑洞》在结构上打破过去那种直线叙述。采取了时空交错，横向展示，有较大的跳荡。但又不同于意识流的“心理组接法”，颇有点像电影分镜头剧本，有较大的随意性。同时，作者以凝练、沉郁、富于思辨的语言，把追叙、议论和心理刻画融为一体，使作品呈现出一种峻峭、凝重而又富于哲理的韵味。

《军界谋士》采用了“中心事件结构”，整篇显得严谨而又熨帖。但作者在第一节里，明显地运用了电影叠印的手法，为四个人物的出场各推出一组特写镜头，缩短了时空距离，加快了作品的节奏，以更多的描写代替了叙述，使作品显得别具一格。

《窨花岭》的构思也颇具匠心。作者正面表现改革中的农村现实，而暗场人物韩继羽，像一条历史的伏线，时隐时现，贯穿了始终，从而加强了现实与历史的对照，显示出它们的嬗进关系。“集贤居”又恰似是现实与历史的汇合点，所以作品在最后暗示给读者，韩继羽即痴翁，使整个作品具有了“整体象征”性，更有助于审美意识的深化。

《这一片大海滩》表面看，作品借一位渔民的孤孀，带着两个未成年孩子在海滩上“摸网”的经过，表现海岸渔民那种粗犷、纯朴的情感。但只要是细心的读者就不难发现，作品同时也为我们刻画了一位已死去的“浪头子”刘长海的形象。作者虽然用了大量笔墨写生者，但又恰恰衬托了死者：“浪头子”们听说是刘长海的遗孀立即改变了态度，可见刘长海生前的威望；儿子锁柱从小就具有倔强、刚直的个性，可以折射出父亲的形象。作品中除简单几笔提到他舍己救人而死的经过外，几乎没有文字表现他的为人，但一位渔民的高大形象却跃然纸上。可见作者在采用“远程显像”的衬托手法上，是较为成功的。

顺便提几句，当前相当大一部分反映农村题材的作品（包括“知青”作者写农村），往往是从一个旁观者的角度去描绘，或用漫画的笔调去揭示他们的愚昧落后，或用同情的笔调去揭示他们的悲苦劳作，或用哲人的笔调去剖析他们的狭隘狡黠，或用欣赏的笔调去揭示他们单一的古朴美。似乎只有这样，才算是站在历史的高度，才可能唤起他们的自我意识。读了陈忠实的《十八岁哥哥》却完全是另一种感觉，除了给人以生活的逼真感外，还有一种内在的深沉、诚挚的情感时时在感染读者，像是来自土炕头上的那种自述自悟，丝毫看不出那种耳提面命的灌注和卒章显志的提示。这不只是在于作者熟悉农村，更主要是作者与农民具有一种息息相通的情感，也在于作者尊重农民，尊重生活的原型，同时也是对读者的尊重。

由于这次评奖，只限于1985年的时限，所以这些获奖作品尚无法显示河北创作队伍的整个阵容，也无法代表近几年《长城》发表作品的最高水平。它只是1985年《长城》中短篇小说的一个小结。八篇作品也不可能达到完全一样的高度，有些作品也还存在明显的不足和缺陷。如：《黑洞》在结构上显示出更多的随意性,往往使读者的思路无规可循,很难一口气读下去。《窨花岭》在表现人物的现代意识上，还显得过分直露；在“茶经”“茶道”的渲染上也有些过分，往往给人以“知识为文学”之嫌，如果借用结构主义一句话，可以说是“标志”语言过多，使作品有壅塞之感。《军界谋士》应该说在结构上是颇为严谨的，也许作者在结构上考虑过多,最后在揭示季浇栗的转化时,用了两副对联首尾呼应,这种戏剧化的处理，一下子使人物显得表面化了，远不如那种“毛边”显得自然。

当然，有些看法实属“仁者见仁”，未必确切，只能算是一点儿读者的反馈，或者说是一些思想的回应。谨此向获奖的作者表示祝贺，希望他们的作品在新的一年里有更大的飞跃。

原载《长城》（1986年第1期）

平畴交远风　良苗亦怀新

——《河北文学》一九八七年第一期小说印象

《河北文学》重新问世，自然负有众多的期望，然而目前严肃的文学刊物若想办出点眉目来，却不是件轻松的事。前一段，我曾杞人忧天地替筹办《河北文学》的同志捏过一把汗，但当我读过刊物第一期之后，确信自己真的是“杞人”了。

该期的小说给我的第一个印象是：一反以往那种浅层面的“小家子气”，大都是较高层次上揭示人生，透视生活，思想内涵丰厚，有较高的审美意识。这些作品已明显地摆脱了庸俗社会学的束缚，而较多地注意到对艺术主体自身的反思。作品的立意更多地表现在对人自身的揭示，对人性结构认知的开拓。

铁凝的《长河落日篇》塑造了三个不同于以往的现实人。在《晚钟》中，一对退休的干部夫妇，本来可以和女儿、外孙共享天伦之乐，但他们拒绝了对外孙的照看，从妇产医院接来一个不受父母欢迎的“小人”，要当亲生子女抚养。这就难免被别人认为不正常。单就这一“不正常”的行动，可以从不同角度得到不同的评价。如果单从社会学的角度讲，可以说这一对革命干部一生为革命献身，临老还要舍己为人，这原本无可非议，反应得到赞扬；如果单从抽象的人性角度讲，这对老夫妇别出心裁，不近情理，还可以解释为“老年期特有的缺陷——对待青年一代妒忌和怨恨”的变态表现。然而作品所揭示的是另一层含意，即人的生命意识对死亡意识的抗争，而这种抗争并不是每个人都能做到的。这对老干部的竞争意识表现为两点：一是追求自身人格的完善性，二是制造新的环境，强化自己的生命意识。三十多年前，他们的孩子不是生在行军路上，就是生在老乡炕上。生下来就把孩子托付给老乡，他们没有经历过从小抚养子女成长的过程。如果说他们的这一举动仅仅是为了弥补一生中这一小小的缺憾，也未免失之肤浅。作品所揭示的“是那生命活泼了她的生命，是她的生命为了那生命的茁壮而活泼”。所以主人公感到和女儿之间有着一场“不敢认可的竞争。因为这竞争，她的漫长的日子不甚漫长了”。在这里我们看到了人的生命的延续，生命的竞争。在《色变》中，于伯伯的笑更能引人深思。于伯伯在动乱年代失去人身自由，面对死亡曾有过“轻贱讨好”的笑。但在恢复了人格的今天，他曾对那种笑痛恶欲绝，决心要实现“沉下脸的自由”，因为他觉得“世上再没有比这种表情更自由舒畅的表情了”。但他这种“自由”别人终是无法理解的，因为在众多人的意识中是没有这种“沉下脸来”的自由的，反而对那些应付的微笑习以为常。于是在朋友家里，就因为他不笑便被当作不近情理的怪人了。论说，笑与不笑这一人的生理现象，本应顺乎自然，但这里我们看到别人“应付的微笑”和于伯伯“沉下脸来的自由”都非出于真正的“自然”，只不过是生活对人的另一种塑造。它让我们想到，人的自身解放究竟有多少无形的枷锁呢？

如果说人类创造了文化，文化又无时不在塑造着人类；那么，任何文化都离不开物质基础。张石山的《村宴》就是讲了这样一个貌似荒唐实则深刻的故事。在“三年困难时期”，锅三因偷盗被判了三年徒刑，留下老婆和“十来个小崽子”，生活毫无着落。屠户张臭儿本是光棍儿一条，靠一杆猎枪主动承担了这一家大小的口食，和锅三老婆同居了三年。在这三年中，村里人没觉得有什么不合情理，连满口封建礼教的族长也说是“名分上是不占地盘，落到实理，就是行好积善也不过分”。锅三刑满后，张臭儿自动退出这个家庭，但锅三为了争回脸面，竟要磨锹杀人和张臭儿算账。最后在族长出面调解后，让张臭儿摆了“几桌八大碗”，当面向锅三赔礼才算完事。应该说故事的结局是合乎情理的；然而这特殊环境中的合理性，却排除了一般的伦理观念。这里不仅揭示了封建礼教的虚伪性，同时也揭示了任何文明如果没有物质的基础将会变得何等虚弱。作品已超越了道德的表层，从更广阔的文化背景中对人的文化观念进行了探索。

如果说，《村宴》让我们看到了一个超伦理的荒唐事件竟得到了山民们的认可而又在情理之中，那么《谜》则让我们看到，在高度文明的城市中，一件极为平常的事件引起一场荒唐的风波。某研究所两对中年工程师夫妇，因星期六晚上常聚在一起打扑克，而被一些嗜人隐私者传为“交叉换位，重新组合”。机关领导竟对此大动干戈，分头谈话，百般诱导，还要派人监视而不惜“配备上望远镜和长镜头相机”。对改革可以迟迟不决，对不正之风可以视而不见，但对人们八小时之外的私生活却又表现出极大的热情，这确实反映了现实生活中某些领导干部的一种心理状态，读来颇能发人深思。

《坏手》和《大鸟》是两篇颇具特色的作品，作者用现代眼光审视生活，俯视人生，都不同程度地表现了自我意识的觉醒。《大鸟》的立意也许并不新鲜，作品通过一对具有不同文化素质的农村青年的不同感受，揭示出精神文明是对美的追求、美的创造，而愚昧则只能是对美的摧残、美的毁灭。但作品并没有简单图解这一意念，而是通过处于青春期男子细微的情感变化，组织了一幕近似“被爱情遗忘的角落”的悲剧，读来也感到颇具感染力。

发现培养文学新人是文学期刊的神圣职责。本期《河北文学》一下推出两篇新人新作，足见刊物在这方面的旨求。尽管这两篇作品的思想性尚欠深度，但独到的视角和浓厚的生活气息也足以耐人寻味。《腊月天》采用了散点透视的笔法，较为真实地再现了一幅世态风情画，却又具有较深的底蕴。《小楼斜月》则把一个战争年代的历史题材写得丝丝入扣，有一定的可读性，结尾也颇有韵味。

值得一提的是这些作品在艺术手法和艺术风格上各领风骚、相得益彰，足以显现刊物兼容并蓄，天地开阔。可以看出，铁凝的两个短篇在追求意境深邃及对情节本身超越的同时，也更注重构思和精巧。作者在注重语言魅力的同时，也没有放弃形式结构上的匠心。对人物的揭示，前一篇运用了“同类对应”，后一篇则采用了“情绪反衬”。在首尾照应上也极为精巧。前一篇从“路口”开始，又到“路口”结尾，增加了人生的象征意义；后一篇则从“希望有人问”开始，到最后的“回答”结束，留下了回味的余地。这种外在形式的照应又全是内在意蕴的必然，丝毫没有匠笔的痕迹。张石山的《村宴》虽属白描手法，但其独特的叙述角度却给人以亲切之感，况且语言幽默诙谐，涉笔成趣。刘宏伟的《坏手》明显地采用了双层构架，外在构架是以事件因果为线索，内部构架则以人物的思绪轨迹为网络，同时借助了诗歌的表现手法——联想、跳跃、通感、抒情和意象叠加，从而使作品增加了一种内在的生气，丰富了作品的审美内涵。

当然，这些作品还有明显的不足之处。从《坏手》中，可以看出作者有较强的艺术感受能力，同时也看出作者对生活中感受到的东西还缺乏认真的思考,对素材还欠严格提炼，在不同程度上还表现了思维的混乱，从而导致作品将一些不同性质的问题相提并论。这在某种程度上给读者的接受造成了一定的心理障碍，影响了作品的深度。从《大鸟》显然可以看出作者对象征手法的借用，但作者对“大鸟”这一象征形象采用了“魔幻”色彩的渲染，而最后又终归没有脱离写实的结果，这便使作品显得生硬。同时，作者因急于贴近主题，使整个作品失之于直露。

总的看来，本期小说作品还是较有分量的。读后能给人以较多的启发和较为丰富的艺术享受，这是十分可贺的。陶潜诗云：“平畴交远风，良苗亦怀新。”愿《河北文学》能办得更开放些，更活泼些，为河北培育出更多的“良苗”。

原载《文论报》（1987 年 3 月 21 日）

从苦土向沃土迈进

——读宋聚丰长篇小说《苦土》

关注农村现实生活，正面揭示农村改革带来的一系列深刻变化，是宋聚丰小说创作的主流。如果说长篇小说《远山》是作者在农村体制变革后，侧重揭示人与人之间关系的变化，那么，在新近面世的长篇小说《苦土》中，作者则进一步把笔触伸向乡镇企业，展示了农村近几年祖祖辈辈面向黄土背朝天的庄稼人，如何走向工业和商业文明。

地处冀鲁交界处的丘林镇，土地贫瘠，盐碱为害，农民祖祖辈辈喝苦井水，种盐碱滩，住土泥房，正是在这片“苦土”上，改革开放的春风几年内使这里泛起了新绿——厂房矗立，机器轰鸣，商贾云集，拥有几十万资产的农民已并不罕见。他们北上内蒙古，南下广州，甚至漂洋过海和洋人平起平坐地谈起了生意。但作品并没有停留在展示创业过程的表层，而是通过一批形象鲜明、个性突出的人物，多方位地展现了社会的不同层面。虽然整体构架仍然聚焦在一个乡镇，但对地市领导、县乡干部、工程师及洋商人都进行了不同程度的刻画和揭示，使作品显得厚重而令人信服，表现了作者在题材开拓、人物设置上因呈现辐射状态而获得更多的社会内容。

作品的厚重还在于思想内涵的丰富性。首先，作者对乡镇企业的生存与发展有较为深层的思索，以往作品中所出现的乡镇企业，大多是依靠地理优势“靠山吃山”，山泉开发出矿泉水，豆腐坊变为豆奶厂，臭水坑办成养鱼塘，以及祖传的编织工艺拿上了广交会……在这部作品中，那里的农民没有这些优势可用，而是利用了信息的价值。他们利用大型企业的下脚料，办起了过去与此素不相干的绒毛加工厂。这正是乡镇企业对国有大中型企业的拾遗和补充，也是乡镇企业灵活性优势的最好发挥。这是一个靠信息致富的典型，表现了农民观念的更新和飞跃。其次，作品在传统文化、道德观念及价值取向等不同层面上，通过人物之间纠葛和冲突得到了不同程度的揭示。林素格的两次离婚，表现了一个新型女性独立意识的觉醒。她由一个普通的农家女，变为一个经过高校进修的技术人才,表现了新时期农民价值取向的转变。高若兰是一位善良而聪慧的知识女性，但在家庭婚姻的处理上，表现了一种惊世骇俗的胆量，也是对传统观念的另一种挑战。在段保兴身上，更多地展现的是传统美德，他坚忍率真，诚实宽厚，但面对必要的商业机密，宁忍受被乡亲误解的屈辱，也不得不将真话咽进肚里。这是一种痛苦的进步。而在段立业一辈的老人身上，更多展现的是变革时代的民族心理和历史意识。

值得一提的是，作品没有回避生活中的阴影和矛盾，而是通过有力的揭示，把它们放在了警示的位置。青年农民康伟光是个令人深思的人物，他是最早创办绒毛加工厂的带头人之一。凭他的才干和勇气，终于在这块土地上第一个办起了绒毛厂。接着他成了响当当的“农民企业家”，“县政协委员”的头衔也不期而至。随着和政界的交往，他却受到另一种诱惑，用他的话说就是“咱们的国情说白了，就是用权赚钱，用钱买权，没有政治头脑，只想埋头做生意办厂子，赚多少钱也只是个土财主”。他竭力想改变自己的农民身份，把企业办成县级企业而追求县级领导待遇。他为了达到权钱交易，不惜动用企业 20 万元为省里刘厅长的女儿出国作留学费用。他热衷于追求奖状、锦旗和虚荣。他盲目进口国外上千万元的设备，不是靠自己的实力，而是靠“领导批条子”，依赖银行贷款。这种国有企业的通病，在这位农民企业家身上，很自然地被移植过来。乡镇企业的进一步发展，只有走国有企业的路子吗？显然，康伟光是做了错误的估计，最终他走向了失败。在康伟光身上，我们不仅看出这类农民自身的局限性，而且也能感受到，这种封建的官本位意识仍然有其繁衍的土壤。而那些仍然占据领导地位习惯于传统模式的领导者，由于他们僵化的领导方式，或者是官僚主义、形式主义的东西，在新的形势下仍然是一种不可低估的障碍。康伟光的失败，不能说与他们没有直接联系。这也许是“苦土”的另一种苦味。同时，也不能不说是对乡镇企业发展带有前瞻性的一种警示。

宋聚丰把关注点由过去熟悉的太行山区，移向了华北平原的古运河沿岸，并能够在不长时间里，拿出了较有分量的作品，表现了作者对社会的高度责任心和作家捕捉生活、把握生活的功力。这部作品，尽管由于作者先写电视剧本的缘故，使画面跳动过于频繁而影响了叙述语言的发挥，但仍不失为一部近几年不多见的正面反映农村改革主流的力作。

原载《河北日报》（1997 年 10 月 20 日）

执着三十年（代序）

——读魏淙江长篇小说《虹河湾》

《虹河湾》终于付梓了，作为多年的同事，我也深深地松了一口气。一部写作长达三十年之久的小说，几乎凝结着老魏的半生心血。

记得1976年我和他在邢台会宁劳动锻炼（当时已不提改造），每当劳动之余，常见他趴在桌子上写东西，有时会写到深夜一两点钟。那时知道他是在创作长篇小说。后来在《河北文艺》《长城》上见到这部长篇的节选，才知道这是部抗日题材的作品。1995年，老魏把一个十几斤重的包袱提到我的办公桌上，让我当这部书的第一个读者。他说不好意思耽误别人的时间，字数太多了。当时成稿是一百二十一回，共九十余万字。面对两尺多高的手稿，我也有点怵，好在当时我已不做编辑工作，在文联办公室搞行政，每天抽空读一两本手稿，一个多月才读完。

这部书本来有几次出版机会，都被老魏放过了，原因是自己不满意，还要修改。他庆幸这些素材，没有被前些年“左”的思潮糟蹋掉。作品以冀中平原一个小县城的共产党成长发展为脉络，揭示了抗日前后中国基层社会不同阶层的种种心态。人物从国民党县长、书记长到共产党书记、特委，从小手工业主到学生、教员，从乡绅、僧侣，到土匪、恶霸等无不包容，展现了那个年代极为丰富多彩的社会全景。作者有深厚的生活积累，其中人物大都有生活原型，读来更感亲切可信。如此庞杂的人物硬是让作者用环环相扣的故事串在一起，这确实是一个不轻松的工程。难能可贵的是作者打破以往抗日题材程式化的构思，对人物设置不再以阵线划分，追求更多的“原生态”，为我们刻画了好多过去作品中少见的人物，读后会留下深刻的印象。如果说，当代审美活动的形态，不只满足理性的审美，还更多转向感性的愉悦。那么在这部作品中，由于作者对冀中平原生活的深刻体验，而倾于更多的人文情感和人文关怀，使读者即使不在理性层面上（正义之战），而从感情层面上（人文图画）也同样会得到一种艺术的享受。

近些年，很少有人再写章回小说，也许是怕落个俗名，但我国文学最鲜明的特色之一，轻易消失，实在是一大遗憾。老魏固守了这种形式，也自有他的道理。况且章回小说更具有民间意义的通俗性，同时为改编电视连续剧提供了较好的框架。当然，这里也有不足，就是过多的叙述语言，且缺乏艺术的空灵，自然也会给作品带来负面影响。

我敬佩老魏的毅力，特别是离休后又得了脑血栓，用那只不再灵活的手，坚持又改了最后一遍，这是一个老战士的历史责任感所使，是一个文艺工作者使命感所使。我在深受感动之余，也希望这部书能让更多的读者喜欢。

1998 年 7 月 9 日于石家庄

原载《虹河湾》（花山文艺出版社 1999 年 11 月出版）

环境与个性

——读《我的来访者》

十年浩劫，在我们国土上留下种种创伤，但具体到每一个人，却又千差万别，各自不同。《我的来访者》这篇新人的处女作，读后令人抚痛深思，另有一番味道。

作品乍一看，似乎有些离奇，但仔细嚼味，却又十分自然可信，会感到其中每个人物的遭遇都是真实的。这不只是现实生活的特殊环境为作品提供了可信的基础，而且是作者在表现典型环境的同时，注意了刻画人物的典型性格，在人物个性发展的逻辑上奠定了坚实的基础。如果说，社会对人们的命运会起一定的支配作用的话，那么个性却又是导致每个人命运千差万别的重要因素。作者在这里没有简单地描述故事，把责任笼统地推给社会，而是用简朴明快的笔调为我们刻画了几个个性鲜明的人物，才使读者留下了深刻印象。

苏丽娟是一个性情温顺、心地善良却又有些孱弱的女子，尽管已是一个孩子的妈妈了，但在生人面前仍显得“羞涩而又腼腆”，连找知青办反映自己生活困难的问题，也感到“那么多人，怎好意思说呢”。

正是这样一个个性，在“株连九族”风行一时的年代里，就注定她缺乏抗争的力量，所以，当贾小虎的父亲被打成“隐藏很深的国民党特务”时，她不得不离开了自己“青梅竹马”的心上人，在“到处树与农民结婚的典型”的气氛下，便马马虎虎和社员高洛逵结了婚。可是，当她因母亲有病无人照顾被调回城里后，看到曾和自己真心相爱的贾小虎因失去爱情被折磨成“疯子”时，又感到无比的痛楚和自责。当小虎在她的楼下疯疯癫癫地狂唱时，她是多么想用那颗善良、温柔的心去抚慰他，用一直埋在心底的爱情去挽救他！可是，历史铸成的事实，要她为家庭，为另一个人负责，要尽“社会责任”。她只能“双手掩面”匆匆躲开他。如果她是一个泼辣、倔强的姑娘，也许不会在乡下结婚，而将不顾一切地和小虎相爱，也就不会有今天；如果她不是有一颗善良、温柔的心，在城乡差别明显的今天，她也许会迅速地抛弃农村的丈夫。恰是这样一个善良的女子，在那样的年代里，往往容易扮演悲剧的角色。

这里，我们不能不想到另一个人物，苏丽娟在农村的丈夫高洛逵。他虽是一个老成的农民，却又是一个行为粗鲁、心胸狭窄的莽汉。当苏丽娟因生活拮据长时不能回农村探望时，便认为自己的媳妇要“飞了”，跑到知青办长跪不起，一把鼻涕一把泪地要老婆。当他一见到回城后的妻子在衣着打扮上有了明显的变化时，就更加证实了自己的猜想，竟然要破坏她那副美丽的面容，揪下了她的头发，“冲她的鼻子干了一拳”。我们不妨把这种行动也理解成是一种爱的表示，因为他以为只有破坏了她那漂亮的容貌，就像剪掉了她的“翅膀”，便再也不会“高飞”了（即使飞也不能让她痛快地飞了）。恰恰是这样一个人物，和苏丽娟的文静、温顺，形成了鲜明的对比，更激起了读者的同情和惋惜。但对高洛逵这个形象，我们并不感到可憎。他虽鲁莽，但不失憨厚，他本来“心眼蛮好”，“有力气能吃苦”，当打了妻子之后，又哆哆嗦嗦把那一缕卷发藏进衣衫里，仿佛在珍藏一件什么宝贝。这令人心酸的一笔，便勾画出他那种欲爱不能、痛苦而又绝望的心情。这里也可以看出，作者在掌握人物的个性上，是颇有分寸的。

对于贾小虎这个人物，作品着墨不多，但作者并没有轻易放过，却让他自幼“爱好文学，立志当一个诗人”，他不是一个深沉、内向的人，而是一个“感情过于缠绵”具有诗人激情的人。这就为“竟在苏丽娟洞房花烛之夜，忍不下失恋的痛苦，一下子就犯了神经”奠定了可信的基础。生活是创作的源泉。作者张凤洪长期在知青办工作，每天都要接待各种来访者，解决各式各样的难题，生活积累是丰富的，小说中的人物，大都能找到生活的原型，故显得自然可信，像是信手拈来。“本是有心栽花者，却似无意插柳人”。作者描写人物的个性，不是档案式的介绍，而是让人物用行动说话。小说一开始便引出两个令人关注的难题：一个来访者询问“怎样选择爸爸妈妈”，另一个来访者竟向接待员要老婆。这两个与知青办工作极不相关的问题，一下子吸引了读者，使你非一口气读完不可。尔后，不是用切瓜的办法，“原来如此”地分块介绍，而是采用了“剥笋”的办法，层层剥皮，自然缜密。“奇正虽反，必兼解以俱通”（刘勰语），使作品既出人意料，又在情理之中。

作者第一次发表小说，能取得这样的成果，确实令人可喜。当然，这篇作品也存有明显的不足。如贾大同这个人物，显得单薄、概念，他除了起介绍事情的来龙去脉外，几乎没有太大的作用。另外，作者写粉碎“四人帮”后，虽然对知识青年的工作采取了一系列措施，制定了不少相应的“条条”，但对这一对夫妇的矛盾，却没有明显的稳妥办法，作品中给读者留下思索的余地是好的，但似乎应该在结尾中有所暗示。

原载《河北文艺》（1978 年第 3 期）

人间自有真情在
——浅议电视剧《真情》

在当今目不暇接的电视剧作品中，能给人留下深刻印象的作品并不多，正像有的影视评论家所说，利用诸如拳头枕头、大吵大闹、发泼撒野、巧合奇遇、怪病车祸、黑道白道、无头奇案、权谋诈变等等“猛料”来“刺激”观众，观众早已见怪不怪。的确，电视剧作品如果只利用“刺激”与“宣泄”来吸引观众眼球的话，终究会破坏观众胃口的。这种外在的咋呼热闹终究无法代替艺术内在的审美感动。而另一些电视剧作品，试图以平民的视角，揭示人生的体验，追求生活的“原生态”，但此类作品往往缺少故事人物的生动感，也难给观众留下深刻印象。电视剧作为大众艺术，不可忽视其通过审美对人们精神上产生的引领和提升功能，这也是形成人们健康心理的有效途径。感动观众靠的是艺术形象的精神品格，能让观众在接受过程中，不断反思和观照自己，引起心灵的撞击，从而获得新的认识。这也是影视艺术审美情感的积极价值。

从这个角度讲，四集电视剧《真情》，以其鲜明的人物形象，崇高的思想境界，缜密的故事结构，明快的叙事节奏，给我们留下了深刻的印象。这部作品之所以能给人一定的震撼力，主要是因为体现在三个方面：

其一，对题材深入地开掘，突出爱心的召唤力。

以民政工作为题材的电视剧作品并不多，特别是对儿童福利院这一社会特殊机构生活的全景展现，使《真情》更容易打动广大观众。孤残儿童是社会上最为突出的弱势群体，最需要社会的关爱，而同情弱者是人性中最为本质的东西。所以这样的题材，也往往能牵动更多观众的心。面对幼小而天真纯洁的心灵，人们心中本来就有的良知会得到激发，进而使心灵得到净化。而净化人们的心灵、提升人们的思想境界本来就是电视工作者义不容辞的责任，也是电视剧不可缺失的重要功能。从社会的角度讲，一个国家，对弱势群体关爱的程度是这个国家经济发展和文明发达程度的重要标志。显然，这部电视剧所揭示的主题具有强烈的爱心召唤力，其积极的社会意义不言而喻。关爱孤残儿童不只是国家的职责，更需要全社会的参与。电视剧作为大众艺术，理应担当此任。所以说《真情》的形式与内容，具有天然的合理共性，这就是其选材的优势。

一个好的题材，并不意味着就会形成好的剧本，关键在于对题材的开掘。本剧以人物的经历，以对“美国堂”孤儿院的回忆，加深了历史与现实的对比，也增加了历史的纵深感。对残疾儿童康复的先进设备的参观，彰显了社会的进步。而“家庭寄养”“开门”办康复大楼等一系列改革措施，表现出关爱孤残儿童这项事业的深入发展及刻不容缓的现实意义，同时也深刻地展现了主人公的智慧与胆魄。这种对题材的开掘，不仅让观众对这项事业有了较为清晰的了解，而且使人物置身于这样环境中的种种举动，有了坚实可信的社会生活基础。由于对题材的开掘与延伸，有力地强化了作品爱心的召唤力。

其二，以人性美塑造人物，增强了艺术感召力。

主人公任怀诚是一位正团级军转干部。原定公安局副局长的职位，突然变成了儿童福利院院长，这种巨大的落差带来的心理上的影响是可想而知的，因此他用挥舞哑铃拼命锻炼来宣泄胸中的“闷气”，自然也在情理之中。故其弟任怀智与妻子四处奔走，要求给他调换工作时，他并没有当场反对。这是一个普通人的真实写照，也是人物在观众心目中奠定可信性的基础。但他毕竟是一位军人、一位共产党员，“军人以服从为天职”的信念和以人民利益为重的共产党员原则，使他在自觉不自觉中做出了超出常人的抉择。作品中，他的上任显得很别致。本来想暗访一下这个被家人反对的“孩子王”职位到底是个什么样的工作，没想到，面对一双双天真无邪的眼睛和种种不尽如人意的境况，这个一贯争胜好强的北方汉子心情难以平静。于是“暗访”变成了走马上任。应该说，这一情节的设置，是展现人物个性的重要一笔。至此，给观众留下的印象是：一个真实可信的普通人——一个热心肠的大好人。

随着剧情的发展，任怀诚的形象在三组矛盾中逐渐鲜明起来。一是对乔金山捐赠轿车的处理，这不仅显示他敢作敢为的个性，更重要的是他求真务实的工作作风得以凸显。二是对叶思兰的教育促使其转变及对“燕南市儿童福利院”未来规划的设计与创造性改革，更进一步展现了一个雷厉风行的军人在地方工作后所显示的独特智慧和才干，从而印证了他一贯“干一行爱一行”的共产党人的优秀品格。三是当筹建“康复大楼”与其弟弟筹建“世纪之梦”发生冲突时，他毅然以人民的利益为重，舍小家而顾大家。这显然已不是一个普通好人所能完成的，而是共产党人的先进性使然。普通人——好人——先进的共产党人，人物的层层展示为我们树立了一个有血有肉、真实可信而又令人敬佩的典型形象。从他身上，我们看到的既不是高不可攀的神性，也不是惊天动地的壮举，而是自然地“渲化”为日常化、伦理化和人性化的言谈举止与音容笑貌，却又无处不闪耀着人物内在“真”与“善”的人性美的光芒。

在另一些人物身上，我们同样会感受到人性美的张力。任母和向滢都有一颗博大的母爱之心，她们对收养孩子的关爱，丝毫不亚于自己的亲生儿女。特别是任母，对养子的关爱超过了自己的骨肉。在华侨乔金山的身上，显示出浓浓的故土之情，他对慈善事业的毕生追求，表现了一种“博爱”的胸怀。就连儿童福利院的保育员，当孩子被领养时，她们也都表现出难以割舍的眷恋之情，所有这些“博爱”的展现，正是人性美自然流露的另一个侧面。

电视剧吸引人，主要靠人物的魅力，而人性美是人物魅力展现的内在动力，这也是《真情》能够产生较强艺术感染力的主要原因。

其三，叙事凝练，却不乏对社会现实的折射力。

电视剧越拍越长是当今电视剧创作的通病。这与制作者的商业动机有直接关系，致使电视剧“掺水”越来越多，结构上套路化，语言雷同化，人物概念化。可《真情》只有四集，结构却相当严谨、紧凑，故事也很完整。作品以任怀诚上任儿童福利院院长及对此开展的一系列改革创新工作为主线，以其弟媳收养孤儿，弟弟任怀智房地产开发，华侨乔金山寻妹三条副线穿插其间，主副线之间均有内在联系，互为推进，使作品显得严谨、缜密，丝毫没有游离松散之感。而围绕主线设置的三组矛盾步步推进，将剧情推向高潮，最后的认亲既是高潮的巅峰也是团圆的结局，这是符合大众欣赏习惯的结构方式。这样的结构方式，如果处理不好，往往会显现出过多的人为痕迹，而使剧情显得单薄。《真情》在这方面采取了以情节外的折射方法，来体现生活的复杂性和真实性。如：任怀诚上任前，其弟为其游说活动，虽然是交代处理，但已显示了社会现实的可能性。虽不属跑官要官，但改变位置的可能性观众心里是清楚的。再如，其弟倘若“世纪之梦”的项目获得成功，立即就可能成为百万、千万富翁，这也是现实可能的，它折射了这些年房地产行业的暴利现象。乔金山对没有欢迎标语感到意外，这从另一个方面折射了社会生活中形式主义的盛行。医院免收医治费，企业及群众为儿童康复大楼捐款，则折射了社会文明进步和时代新风尚的逐渐形成。所以说，不长的四集电视剧，所折射的社会层面是深广的。

诚然，这部电视剧也有不尽如人意之处，如：有些细节处理还显得粗疏，几个配角演员表演不够到位等。

总之，这是一部表现主流意识的电视剧，是一部对观众有引领与提升作用的电视剧。在商业大潮中，与那些“一解市头语，便无邻里情”的社会现象形成鲜明的对比。

原载《中国电视》（2005 年第 5 期）

诗苑花朵

——读王洪涛诗集《北国春讯》

最近，我省新出版的诗集《北国春讯》题材广阔，形式多样，是王洪涛同志近二十年来的诗歌力作。作者在不同的历史时期，以饱满的革命激情，歌颂了党、老一辈无产阶级革命家和社会主义制度。同时也看到，作者在诗歌艺术上不断探索，不断创新，好多作品读后给人留下了深刻的印象。

诗贵情真。诗集中的不少作品感情真挚，生活气息浓厚。如在《放水》这首诗中，作者以独特的感受，描述了祖祖辈辈饱受旱涝所害的农民们在新渠放水之时那种欢乐、激动、百感交集的心情：“水上，溅着浪花儿，眼里，闪着泪花儿！跑过水头，不脱鞋袜儿，跳到渠中，蹲好架儿，把眼一闭：水呀，来吧，盼了你半辈子啦。一凉，一凉，睁眼笑出声。”这里作者没有华丽的辞藻，没有议论的抒情，但读后仍然拨人心弦，就是因为感情真切，毫无矫揉造作。

在这本诗集中，还可以看出，作者在表现手法和艺术构思上做过多种尝试，有的作品构思巧妙，手法新颖，很有特色。如《七月巧云》这首诗，作者通过对云的观察，抓住其千变万化的特点，联想到社会主义祖国的今天，在太行山区发生的变化。于是，通过“东来一片，像一块手帕”“西来一条，像欢跳的鲤鱼”“南来一缕，像梳子一把”“北来一块，像银幕高挂”四个不同的形象比喻，使山区新的风貌跃然纸上。《莉莉》《祖国的手臂》《山林奇观》《书记的行李》等都给人留下了深刻的印象。

另外，作者在传说故事方面也做了不少尝试，借用传说赋予革命的内容，使作品增加感人的力量。

作者在诗歌创作过程中，正如田间同志在序中所说，是“来自生活深处的春风绿柳”，这是和作者长期深入生活分不开的。但同时也看到还不够纯熟，有的诗只有画面，意境不足，显得浅显，有的缺乏提炼，显得拖沓，特别是近期写的一些作品，只注意“政治内容”，显得有些概念化，语言也显得干巴些。但我相信，作者一定会进一步总结经验，为读者写出更多更好的作品，为祖国诗苑的春天增添更美的鲜花！

原载《河北日报》（1979年2月8日）

诗苑新花

——喜读尧山壁诗集《渡江曲》

最近，我欣喜地读了河北人民出版社出版的新诗集《渡江曲》。诗集中编选的四十首诗歌，是尧山壁同志近几年来写农业题材较为出色的一部分，是我省诗苑中一束较有特色的鲜花。

作者以饱蘸革命激情的笔，为我们描绘出一幅幅改天换地、千船竞发、大干快上的壮丽画卷。我们看到，县委书记下乡不是坐着吉普车“隔一层窗玻璃”看山水，而是伴随着一辆带行李卷的自行车，“车迹如绳，和全县的山水紧紧相系”。当年闻名的地雷乡，“如今越响越洪亮——要填平恶水封锁沟，要轰倒穷山封锁墙”，“让革命精神长流水，浇灌这里山和岗”。那一心扑到科研上的“管苗好像管儿女”“选种好像相女婿”的“种子迷”，“哪个水泵响声变，就像听到小孩哭”的“机大夫”；那喜欢往雨里钻的知识青年“燕子班”，一个个形象鲜明，亲切感人，展示了我国农村的“天变、地变、人更变”的可喜景象。

这本诗集的思想内容有一定的深度，在艺术风格上也有较鲜明的特色。毛主席在给陈毅同志谈诗的信中，明确指出，诗要用形象思维，不能如散文那样直，所以比、兴两法是不能不用的。这本集子中的诗，有不少是实践了毛主席这一伟大教导的。首先，在构思上，程度不同地注意了形象思维，大部分作品寓思想于生动的形象之中，较有蕴藉，读来不枯燥。如像《虎头山歌》，这类的主题有不少人写过，要写得出新也较难一些。作者在这里没有直接写它的外貌如何雄伟，而是采用了民歌中常见的“拟人”化手法，使虎头山以一个“虎实实的庄稼汉”的形象屹立在读者面前。诗的一开始，作者就把立意的起点起得较高，耐人寻味。接着，抓住“山”本身形象的特征，紧紧围绕“你才是真正的山”这条内在的主线，通过四个不同的视角层次生动鲜明地勾画出虎头山的光辉形象。而在每一层里又充分发挥了山的形象，寓理于形。既表达出深刻的道理，又不失山的鲜明形象，言简意赅，充分显示了劳动人民的英勇气概。这样的构思方法，在这本诗集中，也还有不少。如《林海行》《渡江曲》等，都是把思想性融在一个具体的形象中。《文心雕龙·物色篇》云：“文贵形似，窥情风景之上，钻貌草木之中，吟咏所发，志唯深远，体物为妙，功在密附。”我想作者这些构思方法是可以体现这些道理的，特别是“功在密附”之说，在《渡江曲》这首诗里，较为明显。

另外，有些诗，作者善于捕捉生活中具有诗意的细节，巧妙构思。像表现新人的一组，大都采取生活典型细节入诗，故显得活泼自然，有较浓厚的生活气息。好的诗，必定要有好的构思。一首诗构思的好坏固然和作者的生活经历、艺术素养、创作实践有着很大的关系，但起主要作用的往往还在于作者对客观事物认识的深浅，只有对生活本质认识得深，才能有较高的立意，才能捕捉最能揭示生活本质的典型化形象。

在这本诗集中,另一个较显著的特点,是作者善于用“比”的手法。不少诗中,有较新鲜生动的比喻。尤为鲜明的是《草囫囵》这首短诗。全诗六节，三十六行，通过把“草囫囵”比作“围海造的田”“战斗的营盘”“丰收的产院”“社会主义的车轮”等接二连三的九个比喻，像摄影记者那样，从各个不同的角度拍下了这一新生事物的风貌，展现了它的本质，生动地反映了草原人民的大胆创造精神。这样的诗，情理并茂，一气流注，使人读之爽口，听之入耳。

作者的创作，注意吸收民歌的特点，有民歌的风味。如“泪水灌，汗水溉，锄把量着长起来，风吹槐叶唱苦歌，月照槐影画未来”（《这棵槐》）。这些语言不但音节响亮，韵味隽永，而且也带有浓厚的劳动气味；后两句则用了传统的对仗。诗集中群众语言的积累，是作者自幼生长在农村、又不断深入生活的结果。

尧山壁同志的创作一直是较为刻苦勤奋的，这些诗歌，只是他作品的一部分。当然这些作品也还存在着一些不足，有待进一步提高。如在表现手法上，还可以再多些变化；有些诗，作者只注意了厚度，层次过多，面面俱到，显得有些拖沓。如能再进一步精炼、概括，也许会显得更好些。相信作者将会在创作实践中进一步摸索，克服不足，写出更好的作品来。

原载《河北日报》（1978 年 11 月 20 日）

泥土的芬芳（代序）
——读聂瑞平散文诗集《苦涩的绿》

近几年，聂瑞平在纷杂的行政事务工作之余，悄悄地构筑了自己另外一个净美的艺术世界，也像庄稼汉一样，“鸡上窝了，猪进圈了，搓一搓腿上的泥巴，拍一拍身上的尘土”，悠悠地吹出了自己的“笛声”。

这“笛声”中，有对人生的思索，有对童年的回味，也有对现实的感受，但这些都没有离开他曾经生活过的那片土地。他以自己独特的艺术感觉，表达了最普通人的生活体验（也有人叫平民意识），所以，字里行间总是散发着一种泥土的清香。

黑色的土地。

追赶着太阳，我诞生在这片肥沃的土地上。于是，我的皮肤也显得黑黄。在玩着尿泥子的游戏里，我学了播种，撒下黑亮亮的灵感的种子，在涌动中，写了绿色的诗行。早晨的田野，那诗行挂满清新的露珠；金秋的傍晚，那诗行上闪烁着灿烂的辉煌。

当我挥舞起智慧的镰刀去收割时，从那片黑色的土地上收获的是我童年的梦想。（《田野》）

也许这首散文诗，可以作为这本诗集的注脚，作者思绪至今没有离开那片黑色的土地。在反映农村生活的那些篇章中，他的感觉真切而又细腻。“太阳烙卷了树的叶子，一根根红得发白的胡须扎疼了知了。茅屋里蒸腾着。炕席上的汗水濡着早已乏去的爹娘。”这是地地道道农民的感受：夏日的中午，酷热与疲劳并存，知了的叫声已不再是那么悠扬，而劳累了一晌的爹娘已在汗水的濡泡中酣然入睡。悠闲吗？苦涩吗？都不是，但又都有一点儿。苦涩中透着几分悠闲，恬静中又有几分辛辣，应该说，生活就是这样的复合体。这样的情调体现在这本散文诗集中，形成其鲜明的艺术情调。在《浇地》这首诗中，母亲为了夜晚浇地，不得不把孩子反锁在屋里。应该说，这是农村中常见的事，也是不得已而为之。但在聂瑞平的笔下，却又写得那么轻松自然，“亲一亲孩子漾满梦的红晕的小脸，一枝儿‘丫’字形的树枝儿插在门鼻上。将母亲的吻锁给熟睡的孩子。一盏马灯点燃了满天的星”。这里母亲的爱就全部体现在顺手插在门鼻的那枝“丫”

形的树枝上了。诗句读着轻松，掩卷沉思却又并不轻松。这正是作者艺术魅力之所在。《梆子》《收工的傍晚》《地头上》《茅屋里述说着一个故事》《秋夜》都不同程度地表达了作者对农民的那种深厚的感情和真切的体验，这绝不同那些“为赋新诗强说愁”的矫揉之作。近几年，那些完全封闭在自我小天地里，表现孤独伤感的诗并不少见，每首诗中总有悲凉、孤愁的字眼，但细细品味又觉空洞乏味，作者在那里痛哭流涕，哽哽咽咽，而读者却又无动于衷。这不能说不是与劳动人民的情感隔膜有关。聂瑞平的散文诗之所以能给人以较强的感染力，实在是他自身独特的经历及思想情感，始终保持和劳动人民息息相通的结果。

散文诗是散文和诗歌相结合的产物，近几年之所以发展较快、颇受读者青睐，是因为它兼收了诗和散文的长处。以散文的自然表达诗的意境，既有诗的抒情，诗的跳跃；但又少了些韵律、节奏的束缚，扩大了容量。但有一点，任何一种文体都需要追求形式和内容的统一，尽管这种统一永远不会尽善尽美。散文诗以诗的语言和散文笔法并蓄，确实需要作者的语言功底，它不等于不分行的诗，也不等于缩短的散文，它应该是散文诗意的升华。从这个角度讲，在这本散文诗集中，可以看出作者的追求。《炊烟》《月夜泛舟》《月光下，吹来箫声》《摔跤》等篇章，都是将诗情溶化在散文叙述性语言之中，读来亲切自然，又诗味无穷。但也还有不少篇章尚显得生硬，如：《生》《红高粱》《三十岁》《雾》等，意象营造和直接抒情未能有机地结合，便显得直露而又零乱，也缺乏自然；《泉》《山》《安塞腰鼓》更倾向于诗的写法，《无碑的墓》则更倾向于散文；而《理解，通向生活的阶梯》以其逻辑说理更近似一篇杂文了。还有一些篇章，由于作者想要表达的东西太多，无法顾及作品的和谐统一，往往显得壅塞而杂乱。所有这些都说明了作者的探索和追求。但我相信，作者会通过不断总结、不断探索，摸索出一条更接近艺术完美的道路。

1990 年 8 月 21 日

原载《苦涩的绿》（花山文艺出版社 1991 年 1 月出版）

大山的回音（代序）
——读张益录诗集《遥远的山泉》

我知道张益录是个极为勤奋的人，有一种山里人那种不服输的拼搏精神。但当他把一本厚厚的诗集打印稿交给我时，我还是感到意外。我知道他学的是经济专业，做的是会计工作，曾主编或参编经济书籍5部，发表有关财政、税收、财会及教育方面的学术论文30余篇。其中有多篇论文获国家和省级奖励。他还写杂文，发表的第一篇杂文《有感于李自成的不纳粮》就是反映经济财会内容的，如今已有40多篇杂文问世。可现在，他像有分身术似的，俨然又加入了诗人的行列。如果说工作之余，偶尔凑几句有感而发的诗句，也许并不罕见，然而他却在极广泛的领域里，用诗句记录了自己的情感流程，或缠绵的思念，或凌厉的鞭挞，或深刻的哲思，无不情真意切，自然天成，不少诗具有很强的震撼力。我不能不说，张益录对逻辑思维和形象思维运用得很充分，也很自如。诗歌、杂文、经济学术论文三管齐下，实属不易。用他的话说，“三者相映成趣，在我的精神世界里，却一同构成美丽的风景”。然而他毕竟不是专职的文艺工作者，他的本职是一个计财处的负责人，如此分心左道，是否有些不务正业？但他告诉我，他分管的工作，曾连续七年被省财政厅评为先进单位，他被省政府授予先进会计工作者。他的业余写作靠的是一个拼劲，一个挤劲。他在《陀螺》一诗中这样表达自己的感受：

旋转旋转
哪怕脚下是一片泥泞坑洼
既然上帝
只赐我一只锥子似的小脚
我就只有不停地旋转
停止就意味着倒下
这是我独特的潇洒
把生命的圆心刻在大地
将年轮的色彩呈献给蓝天
我在天地间旋转
我在旋转中呼唤
为了追求生命的永恒

我渴望一条猛烈的皮鞭

这也许可以作为张益录自我追求的写照。

目前诗歌沉寂，诗人淡出，大家公认诗歌处于低谷。原因是多方面的，但有一点却不可否认，广大读者远离诗歌，是因为能激起读者共鸣的诗太少了。尽管前几年流派纷呈，旗杆林立，时潮迭起，热闹过后，却寂静一片，诗歌遭到空前冷遇。诗人的才华在于发现，发现有靠于诗人那双敏锐的眼睛，而支配眼睛的是诗人自己的思想和自我的人格力量。诗人离开了自身的理想尺度，离开了一个时代存在于人民中的主体精神，离开了对社会的关怀，一味追求奇特和特殊情感，以致达到“反语言”的地步，这就难怪读者远离诗人。益录的诗是有感而发，朴实自然，“一语天然万古新”，虽然有理想主义的色彩，但意趣豪放，绝不是故作姿态。有些诗写得很精巧，构思也很新颖。特别是那些缅怀故土乡情的诗，如《石磙子》《家乡的柿子树》《沉重的背影》《纳鞋底》《母亲的歌》《致妻子》等，不仅感情真挚淳朴，而且有浓厚的生活气息，读后有很强的感染力。我们从那些历经沧桑风霜的山里人身上，看到了民族的根，看到了一位大山儿子的根；这里不只有山花、清泉、松涛，还有顽强、刚毅、自强不息；不只有艰辛、困苦、磨难，还有引人向上，追求美好的情操；这里有人类最宝贵的东西。这较之那些所谓“诗的真实”要真实得多。张益录的诗在艺术追求上，仍然可以看出是以民族传统为主调，节奏明快，构思完整，没有繁杂的意象叠加，没有信马由缰的“意识流”，但又绝不直白。他在意象营造上往往取生活中人人可感可见的形象,却又屡见新意。如:“我把那遥远家乡的石碾子/精心制作成光盘/然后在心中悄悄播放”(《石碾子》);“故乡那一轮皎洁明月/高高悬挂在我迷乱的心空/亘古不变/弯时一把镰刀/在心灵的原野上舞动/收割着百结愁肠的荒草/圆时一面唱盘/在思念的磁针下旋转/播放着魂牵梦萦的故事”(《故乡的明月》);“锋利的针锥/艰难地穿透贫穷的历史/结实的麻绳/牢牢地系着朴实的信仰”(《纳鞋底》)。诗人的艺术追求，首先应建立在诗人自身的思想情操基础之上，没有一颗纯洁的心灵，高尚的情操，很难写出打动读者的作品。张益录的诗不管是心灵独白，还是对社会的关怀，都表现了那种对高尚正直的追求，表现了那种人格的力量。在《财坛风景》组诗中，作者从常人认为枯燥无味的“凭证”“账簿”“报表”中，挖掘出了耐人寻味的诗意来。这种对生活的切实感受，都体现了财会人员的高度责任感，也是诗人自身情操的表现。

益录的诗选材很广，足迹所到，似乎都有诗的记录，但有些诗还显得粗糙，有些诗在构思上还欠下功夫。诗歌讲究情真，象美，意藏，言凝。益录的诗仍需在意藏和言凝上多下些功夫。益录是个勤奋的诗人，尽管三管齐下，屡见成果，但若想在艺术成果上达到自己独特的风格，仍需有所舍取。尽管“文本同而末异”，但“文非一体，鲜能备善”，这也是古人的宝贵经验。期待着益录有更多更好的诗作问世。

原载《河北文艺界》(1998年12月25日)
《遥远的山泉》(河北大学出版社1999年6月出版)

明月自满千家墀
——评石家庄日报《苍岩》短诗

一张报纸包罗万象，各种信息接踵而来，偶有一首小诗跳入眼帘，读后且又有几分味道，闭目沉思，神入诗境，或几番咀嚼，或颖然领悟，思维从直线被动式的快节奏，突然慢了几拍，迂回徜徉后又偶有所得，谁能说这不是一件快事呢？我想办报人的苦心也可从此略见一斑。

《石家庄日报》自改版以来，各种形式的诗都有一席之地，这不仅是照顾到各种读者的口味，实也是诗坛繁荣的一种必然。但有一点却是共同的，这些诗大都是贴近生活的，大都是有真情实感的。“眼处心生句自神，暗中摸索总非真”，只有那些对生活有切实感受的诗句，才能真正打动读者。

望云的《询问黄土地》不失为一首构思精巧而蕴含深厚的小诗。全诗只有九句，表面看，作者把视角对准了黄土地，实际上笔锋一转，黄河的形象却跃然纸上：“呵，问你你不说／一任西北的大风／把肌肤割成沟壑／呵，问你你不说／一任冰凉的雨鞭／把胸膛抽成跌宕的歌／呵，问你问你问你／你浑身一颤不再沉默／一口吐出这奔腾的黄河。”问你什么？一个省去内容的发问，一下子扩大了诗的联想，但这绝不是无限度的“朦胧”，读者能从“大风”切割，“雨鞭”抽打这些特定的意象中，感受到黄土地磨难的经历，而黄河正是对无数苦难的回答，是经过无数磨难后，悲壮而又神圣的一声怒吼，从此就不再沉默，不再是一个忍辱负重的形象，虽然千沟万壑，伤痕累累，却依然奔腾不息，充满活力。这里我们已切实感受到黄河的形象，它孕育于黄土地的苦难之中，却又是黄土地威武不屈精神所在。这就无怪乎众多的人常常把黄河同我们中华民族联系在一起了。这首诗构思奇巧而又晓畅自然，含蓄深沉而绝不晦涩，不是直抒胸臆却又充满感情，读后确能给人以美的享受。如果说这首诗从整体上对我们这个民族以形象的感知，那么刘章的《一蓑烟雨任平生》却是以具体的放牛人，刻画了一位质朴的农民形象：“一顶草帽，一身蓑／一把鞭，一把打火镰／这就是全部家当。”他似乎对更多的物质享受无所求，常年“枕块石头伴草眠”，“一年到头饮山泉”；他近乎超脱，“不管人情冷暖”“与名远，与利淡”；他似乎对人生看得淡漠，“到老了，青山处处风水好／用不着挑挑拣拣”。但这绝不是个麻木的形象，他的无所求，不同于士大夫那种“玉壶冰心”的清高；他的超脱，不同于佛家的虚无；他对身后事的无为，又绝不是一种无奈。因为他是放牛人，一生中每时每刻都在默默地为这块土地做着无私的奉献。索取少而奉献多，这正是我们整个农民群体的本质，也是广大劳动人民的本质。他们嘴上不会喊着奉献，甚至心里也不会天天想着奉献，然而不正是这些人每时每刻地无私奉献支撑起了我们这个民族，我们这个国家吗？这首诗写得洒脱，却又回味无穷。

《苦涩的绿》和《吉庆的旋律》是两组别有风味的散文诗。作者聂瑞平和刘松林以清新的笔调，浓郁的生活气息，为我们描绘了一幅幅色彩鲜明的风俗画。十一届三中全会以来，农村确实发生了巨大的变化，但这种变化绝不是一夜间降临。有先进就有落后，有光明就有阴暗，有甘甜就有苦涩，这才是真实的生活。当一盘石碾“十分劳累”地待在一旁的时候，“对面高大的机磨坊里轰鸣起来，一群穿着鲜艳的连衣裙儿的姑娘们骑着‘嘉陵’，驮着一袋袋白面从那儿离去”。这是一幅鲜明的今昔对比图，但是，依然有“煤油灯举起微小的红豆”的屋里，一群庄稼人津津有味地讲述着悲壮的历史；月光下，柔柔的箫声在倾诉着精神的渴望；而为了赚钱的摄影师，竟把历史的耻辱——洋人留下的手迹当作古迹拍照。这一切既令人欣喜，又令人思索。这便是《苦涩的绿》为我们展示的图画，这是一支复调的歌，高亢而深沉，优美而凝重。与此相比，《吉庆的旋律》却是一首热烈奔放，具有北方鲜明地方特色的喜庆之歌。从擂鼓老汉上下翻飞的鼓槌，我们感到了农民对新生活的喜悦与自豪，他们“在历史这真切翔实的恢宏鼓面上，便将自己擂成了一个声遏行云的鲜活象征”；通过民间花会，我们感到整个民族传统文化的璀璨与宏厚，“它的根子扎得好深好深，你身上大大小小的血管竟都是密密的细须儿”；通过挂起的花灯让人感到新的企盼，感到地温的回升，“信念的绿芽又尖尖拱出”。刘松林的这组散文诗，不仅感情浓烈，联想丰富，且具有现代诗意象繁复的特征，但并不混乱，时空有较大跳跃又不失其内在的逻辑。从这个角度讲，这组散文诗的诗味就更浓了些。

《满庭芳》（作者许集善）、《秋波媚》《临江仙》（作者王性昌）等都是以词的形式表达了新的内容。古典诗词由于自身严格的音律格式，确实对诗人是个不小的束缚，但它独特的音律，凝练的句式，又有其不可替代的审美意义。这几首词作者的实践便是很好的例证，虽对其平仄对仗有所突破，但遣词造句、意象经营上仍不失典雅的韵味。《满庭芳》两首双调词从内容到形式相当和谐，且感情真挚。一首好诗，总会给人带来美的享受。宋代诗人苏轼有诗曰：“世间好句世人共，明月自满千家墀。”相信《石家庄日报》会推出更多佳作，为千家万户带来美的享受。

原载《石家庄日报》（1990 年 7 月 26 日）

自律与收藏（代序）
——读王守富《真语人生日志》

乡友王守富送来一部付梓前的书稿《真语人生日志》，说是遴选于自己近些年的日记，并嘱写序。我对此类形式的作品了解甚少，权当“先睹为快”，略述感受。

日记应该说是一种实用性很强的文体。早在唐代李翱的《南来录》曾被认为是日记的起源。以后，南宋陆游的《入蜀记》、明代徐弘祖的《徐霞客游记》、清代的《曾国藩日记》，以及新中国成立后的《雷锋日记》《张海迪日记》等，都曾对社会产生过极大影响。古人日记多以见闻经历为主，具有更多的史料性；近人则多以修身自励为主，具有更广泛的心灵展现。《真语人生日志》显然属于后者。

日记具有“简便”“随意”的特点，或长或短，或叙或议，多真实，少雕琢，从而也最见真情。应该说，日记是写给自己看的，是自我心灵的对话，即使在当时有偏见与失误，也有待于在以后的翻阅中自省。所以说，任何真实的日记，既是锤炼思想、陶冶情操、积累经验的有效途径，也是收藏自己，自遣、自检、自律的明镜。故字里行间总会有作者灵魂外化和真情的显现。

读《真语人生日志》，可以感受到作者是一个极为勤奋，而又不浮慕时名的人，不仅酷爱读书，勤于思考，且见微知著，有较强的思辨能力。同时也感受到，作者对传统道德的执着追求和敦厚周慎的人格品性。这些日记多从普通人的视角，记载普通人的生活。或读书聊天、街闻巷议，或朋友交往、同学切磋，或乡俗俚语、市风民谣，或劝勉后学、与人“解惑”。作者善于从平凡的生活中发现哲理，从身边琐事中洞察人生，具有较强的平民意识，也就对更多的人有了启迪性，这也许是作者成书面世的主要原因。从思想性上看，不管是“修身处世”“励志治学”，还是“爱情探涵”“纵横杂说”，达观古今，都表现了作者对传统道德的复修与发掘。这对于中外文化撞击，拜金主义横行的今天，尤为难能可贵。当今不少人在思想多元化的潮流中丢失了自己固有的民族传统，往往视腐朽为神奇，认荒怪为时尚，道德意识失落，道德内涵残缺，致使道德失范，从而也丧失了做人的唯一标准。相比之下，我们在《真语人生日志》中，会感受到作者为自己订下的做人标准与行为准则，从而不断对自己加深认识与修正。正像帕斯卡尔《思想录》中所说，“人必须认识自己，即使这无助于发现真理，至少这也将有助于规范自己的生活，没有别的比这更为正确的了。”实际上，这也是对民族精神的固守与弘扬，是我们“以德治国”所不可缺少的。

守富出身农家，大学毕业后，曾从事教育工作多年，后又在县地方志、广播电视局、文联供职，这些工作环境也使他养成了严谨、认真的思想作风和广泛的文学爱好。他博学多识，矻矻穷年，自然也取得了不少成果，近几年曾发表不少小说、散文、诗歌、杂文，并有数篇获奖。《真语人生日志》应该说既是对他自己的收藏，也是学习思考的总结。尽管书中有些观点尚显肤浅、缺乏新意，有的甚至有“以偏概全”之嫌，但这并不影响它是一部有益于社会、有益于人生的佳作。特别对青年人明晰义理、兼通事务、启迪生活大有裨益。

“学海无边，书囊无底”，随着阅历的不断丰富、思想的不断深化，相信守富还会有更多更好的作品问世。那时候，他将面对收藏的自己，也许会发出一种新的感慨。

原载《河北文艺界》（2003 年第 24 期）

《真语人生日志》（中国广播电视出版社 2003 年 9 月出版）

真情岁月 跫音长存（代序）

——读胡运增诗文集《岁月的留痕》有感

老友胡运增诗文集《岁月的留痕》付梓之时，让我写几句话。我与运增既有同乡之谊，又有同事之雅，故不揣浅陋，无妨姑妄言之。因作品多为反映故土的生活，倍感亲切之余，也就多了无数个感动。

书中的作品多为运增大半生心血的结晶。作品取材范围并不宽泛，大都是取材于沙河这片热土，与其说是他生命岁月的痕迹，不如说是沙河近二十年飞跃发展的轨迹。从一篇篇既熟悉又陌生的作品中我能聆听到沙河人雄强奋进的跫音，也能感受到沙河翻天覆地的变化。作品尽管分为《散文》《人物通讯》《诗歌·曲艺》，读后给人的印象是一致的。作者记录的人物，描绘的山水，抒发的情感，盖为这片热土的“特产”。其共同的特点就是具有真实性，故也就有了它的史料价值。“文章合为时而著，歌诗合为事而作”（唐·白居易），正因为如此，在他的作品中，不管是新型的农村党支部书记，还是农民企业家集团董事长；不管是荒山美容师，还是山沟的信贷员，我们总能感受到时代发展的脉搏。我们正是从这些真名实姓的人物身上，看到了社会的变迁，感受到了文明的发展。

运增并非专业作家，但他具有新闻记者敏锐的眼光，他的笔触总是瞄准时代的新生事物和人民群众关心的热点。更多的是他凭借对故土的一片深情，为沙河记录和描绘出一幅幅斑斓多彩的乡土画卷。就其文化底蕴而言，我更喜欢读《九龙沟探幽》《太行奇葩——广阳山》《长城壮歌行》等几篇游记性散文。作者以独特的视角聚焦地域的名胜，并以历史文化予以观照，从而能给人美感的同时，也有了更多的人文启示，故常常勾起我故地重游之念。

在诸多散文篇章中，特别值得一提的是《难忘养父情》和《无尽的思念》两篇怀念亲人的文章，其情之笃，其爱之深，必然会打动每一位读者。文章动人之处不在清辞丽句，不在奇思妙想，而在真情实感。那种对养父和妻子的切痛之念，可谓情真意切，念悠思长。同时也为我们展示了两位值得崇敬而又难忘的形象。

运增自幼便亲历稼穑之苦，饱经生计之难。特别是他早年丧父，中年丧妻，人生三大不幸中他占了两项。但生活的磨难并未改变他执着而坚定的信念，他仍能以顽强的意志，火热的情感拥抱生活，坚持笔耕不辍。这一点，正是大山给予他的特质。文如其人，我们从朴实无华的文字中，从细致入微的记叙中，从爱憎分明的理念中，能感受到他是一个朴实、诚恳、细致而又刚强的人。多年的教师工作，使他多了几分博爱和为人师表的严谨，而文化馆创作员的经历则增加了他的艺术敏感力。至于步入仕途，当了宣传部副部长并未改变他的平民心肠，也只是开阔了视野，故他能以笔淘金，在全县范围内捕捉素材，塑造形象，忠实地留下了时代的剪影。

“勤能补拙俭能廉，一世辛勤未等闲。石屋茅室挥文字，雪窗萤火写诗篇”（《自知之明》），这些诗句，正是运增夫子自道的经历。“尽管秋霜如雪，染白了两鬓，我却并不哀叹，也不忧心忡忡，当我是春天的时候，我的爱是萌芽，拱破板结的土层。当我是夏天的时候，我的爱是苇根，让希望在泥污中升腾。今天我是秋天，我的爱是一缕轻盈的风，吹黄了西坪的谷穗，渗透了南山的红枫”（《白发吟》），从这些诗句中，我们看到的是他对生活的达观与执着的信念。东隅已失，桑榆非晚，“庾信文章老更成”，我希望老友运增能像秋阳般的诗心不老，文思常翠，含饴弄孙之余，再写出更多的人生体验。

2007年11月20日

原载《岁月的留痕》（内蒙古人民出版社2007年12月出版）

文人风骨 园丁情怀（代序）

——读孟庆菲诗词集《晚霞韵语》

孟庆菲老师的诗词集《晚霞韵语》付梓之际，嘱我写序，故有幸先读为快。我与孟老师相识已有40余年，本是忘年之交。1965年夏天，我作为农村业余作者，曾参加沙河县文化馆组织的创作活动，那时孟老师借调文化馆做辅导老师。我当时创作的快板剧《谁的席》，经孟老师修改后，参加了省文艺汇演，后发表在当年河北省的《俱乐部》杂志上。孟老师待人热情、诚恳，且又善于对青年人启发诱导。印象中，孟老师博学强识，读书涉猎面很广，特别是对我国五四后的新诗及国外翻译诗较为关注。20世纪70年代初，他就曾向我推荐过苏联诗人马雅可夫斯基的长诗《列宁》《好》。我一直希望孟老师有自己的著作问世,但他对自己的要求极严,直到晚年才让其第一部诗集面世。

我自以为对孟老师有所了解，但读完这部诗稿还是让我深感意外，虽说是诗词集，却涵盖了他一生的经历感受。从抗日战争时期的童年生活，一直到今天的改革开放，每个历史时期都留下了自己心灵的印记。诗人以自觉的文化意识和历史使命，既脚踏现实土地，又仰望浩瀚星空；既眼观天下大事，又思接时代风云，为我们从不同的角度描绘了一幅幅诗意的社会画卷。但从始至终给人的感觉却是有一条内在情感主线贯穿，那就是文人的风骨，园丁的情怀。

所谓文人风骨，从传统意义上说，即是“不为五斗米折腰”，“先天下之忧而忧，后天下之乐而乐”。当今社会中，市侩污垢、经济铜臭、消解道德、躲避崇高、投机钻营、颓废虚无的现象并不少见，致使文化风骨及社会责任出现普遍缺失。从这个角度讲，读孟老师的诗作，会感到知识分子良知的张扬和文人风骨的延续。“文章合为时而著，歌诗合为事而作”，这也是诗歌应有的社会担当，也是一味追求“个性化写作”，只是把诗当作“表达个人内心碎片”工具写作所缺乏的。在这些诗词中，直面人生，抨击时弊的作品占有不少的分量，如《乡官出游》《寻夫》《豪门家宴》《遭劫女》《狠手》《赋感》《惜娼》《道与魔》《蛮子工》《菊妹》《陈家山瓦斯矿难有感》等，不仅凸显了作者的平民视角，道出了社会弱势群体的心声，也彰显了一个有良知文人的忧患意识，尽管他“拍遍栏杆空太息”，但辛辣的笔调、深刻的见解，足以引人深思。从这些诗词中可以感受到作者努力以诗为时代留影，为人民代言的鲜明倾向和积极精神。

由于有过旧社会的苦难经历，对新社会革命成果的珍惜和对革命领袖的崇敬之情，远比今日的年轻人强烈得多。这多表现在《永远的怀念》一辑中，在《题毛主席像》这首诗中写道：“自古圣哲众若林，谁曾睁眼看赤贫？展旗换天舍所爱，反帝援友献至亲。补衣穿起廉政风，节食省出蘑菇云。身为工农创新宇，神州亘古第一人。”这种对领袖的情感，绝非七十年代那种盲目的个人崇拜，而是经过时间沉淀后的重新唤起。单就怀念毛泽东的诗词就有二十多首，可见作者意念之坚定，感情之真挚。此外，对国际重大事件作者也均有自己的独到见解，如《沁园春·纪念斯大林十二月二十一日诞辰》《读安南对记者谈话有感》《看电视萨达姆被执行绞刑》《读赫鲁晓夫回忆录有感》《怀念法国著名作家萨特》等，都表现了作者宽大的胸襟和广阔的视野，颇有古人“居庙堂之高，则忧其民，处江湖之远，则忧其君”的文人风范。

孟老师的人生轨迹，也许并不复杂，他终生没有离开教师队伍，更没有“走万里路”，浏览名山古胜的机会。但在这部作品中我们看到的却是个五光十色，斑斓多彩的世界，不仅有众多的历史名人，也有不少当代平民小人物，如邮递员、女知青、矿工、保姆、医生、乡村企业家等。视角所触，无不以诗的灵感，赋予艺术升华，平易中见深情，朴实里藏新意，为读者留下深刻的印象。但印象最深的还是《山教词》一辑中五十多首表现山村教师生活的诗词，真切、生动、有较浓的生活气息，好多感受是外行人无法体验到的。在这些诗词中，我们能领略到“登台讲课四级分，烧着粥锅酬来宾”的执教甘苦，也能领略到“一代新人脱颖出，是我开怀抒情诗”的园丁情怀。

据我所知，诗词中有很大一部分都是孟老师在病床上完成的。他凭借个人的记忆，为读者浮现出“历史重构”的图景，从而让我们与诗人一道感知一个时代的历史脉象，分享这个时代中诗人独有的生命认知。以诗词的形式在记忆世界中确证个人生命的实有，应该说是他的自觉选择，或者说，正是借助于诗词的形式，他那本要逝去的记忆才得以保有和复活。但作为一个已届耄耋之年的老人，一个仅靠一人微薄教师薪水抚养八个子女长大成人的父亲，在生活和病魔重压之下，还能在艺术世界里游刃有余，这不能不令人赞叹之余顿生敬意。这固然与他“党国恩重任亦重，常以小诗代歌喉”的感恩意识和强烈的社会责任感有关。他那种执着的艺术追求和超常的个人毅力，我们在诗词集中可以得到印证：“笔在誓拼全身力，无才却有满腔血”（《题离休证》）、“任凭病魔频施刑，唯有心脏跳停吟可停”（《虞美人·和郭振英》）、“心是飞舟意是帆，六尺病床天地宽”（《写作》）、“风雨世路又一程，白发欺人笔未停”（《七十八岁生日答谢诗词祝寿诸友》）。特别是作者的一首晚年生活写照，让我过目难忘：“曾经沧海笑细流，风烛残年复何求。应谢老妻亲盛饭，可喜幺女帮梳头。书报评说读古今，荧屏指点话寰球。党国恩重任亦重，常以小诗代歌喉。”这也许是诗词集得以面世的最好诠释。

诗词集冠名“韵语”，显然是作者虽采用了古典诗词的形式，但并未严格遵循“字有定声”“律有定对”的“正体”要求。但我认为，合律固然好，如果单纯为了“正体”，而失“情真、意新”，虽完全合律，亦属下品。况且“时有古今，地有南北，字有变革，音有转移，亦势所至”（《毛诗古音考》）。故中华诗词学会提出“倡今知古，双轨并行”，应属“亦势所至”。在孟老师的作品中，我能感受到其构思方法仍采用现代诗的构思路子，忧时感事，直抒胸臆，发而为诗，注重的是整体意境，而非古人先得佳句，而后成诗。当然，这种构思方法不足之处，在于因炼句炼字不够，致使语言浓缩和整首诗的凝练欠缺。20世纪30年代诗人废名说过：“新诗是以散文的文字来写诗的内容，而大部分的旧诗则以诗的文字来写散文的内容。”这或许对我们今天把握诗的艺术建构会有所启迪。窃以为，任何一种形式，只要能彰显那个时代的道德力量、人性风采和思想光辉，就应是好诗。

孟老师“衰年别有才”，愿其才与艺皆进，德与寿并高。草草数语，言不尽意，信笔写来，权充序文。

2011年10月10日于石家庄

原载《晚霞韵语》（大众文艺出版社2011年11月出版）

秋光也灿烂（代序）

——读王尔顺诗集《九月菊》

临近春节，乡贤尔顺寄来一本厚厚的打印诗稿，说是要将发表的诗歌集中出版，让我写序。我与尔顺相识多年，但对他的诗作却读到的很少。借此机会，品茶赏诗，也不失一件乐事，我便欣然应诺。

用尔顺的话说：“很多年有这样一个愿望，把自己多年散落的文字像捡豆子一样一一拾起来，不管是大还是小，饱满还是瘦秕，把它们收拾到一起，印个成形的东西，作为自己多年劳动积攒和留念。”据说，除本集诗歌外，他还有散文、通讯报道两本同时面世。作为一个业余作者，青灯黄卷，笔耕不辍，常年坚持取得如此业绩已实属不易。这些文字大都在不同类型的报刊上发表过，已产生过应有的社会效益。此时集印，积微成大，为遐自迩，作者的心情我完全能够理解。

既是汇集，诗的风格各异，题材多样。单从内容上看，涵盖了作者人生的主要经历：从懵懂童趣到辍学务农，从参军入伍到转业从政。每一个历史阶段，都留下了一定数量的诗歌作品，他用诗歌记录了自己的人生，表达了自己的情感。应该说，这些诗看似烦琐的生活点滴，折射的却是一个时代的缩影，这正是其诗价值所在，而绝非“小我”之“灵魂探微”所能代替。别林斯基说过：“在构成真正诗人的许多条件中，当代性应居其一。诗人比任何人都应该成为自己时代的产儿。”这部诗集的作品中反映的时代发展、生活变化，无时不在体现着作者正是“时代的产儿”。

尔顺的诗读后有一定的感染力，皆在于作者真实地记录了当时的感受，特别是一些非常时期的社会现象，没有回避，而再现了当时的真实感受。如：“大长春天 / 肚子饿得咕咕叫 / 娘说，家里没粮 / 去山坡上挖些野菜”（《挖野菜》），客观地反映了那个“低指标”的饥饿年代。“学校停课了 / 过去喧闹的读书声 / 变得无声无息 / 书包里的书本少了 / 只剩下一块干瘦的石板 / 一支没有墨水的笔”（《红小兵》），“大高帽子压得老师低下了头 / 淌着墨汁的大字报糊满了前身后背 / 红卫兵嘶哑的批斗声 / 恨不得喊成声声惊雷 / 许多学生被吓哭了”（《批斗会》），在那个“史无前例”的岁月，作者没有回避，而是以儿童的视角记录了那个时期的真切感受。

一个只有初中文化程度的农村青年，要把自己的人生经历都用诗歌的形式记载下来，这需要多大的毅力和任性，但尔顺做到了。他每到一个工作岗位都有一批诗作诞生，好多题材都是别人没有涉猎过的。《替哥哥当民工》《修朱庄水库》《秋收回家》《夜晚跃进》《挖旱池》等，既有故土之恋，也是桑梓之情。他入伍后的军营生活，转业后的民政、电力部门生活均有不少诗篇记载。由于大多是自己亲身经历，信笔写来便有先天的真实感、亲切感，从而更具备较强的感染力。特别是遇到的那些身旁的模范人物，都进行了真实的表现，如《民政助理员》《农电工》《致十三位河北农民兄弟》等。时代发展、社会进步，仍离不开这些正义力量的召唤，作者对此坚信不疑。

文如其人。读完这些诗作，我的眼前往往会出现一个憨厚、质朴、坦诚、耿介的山里汉子形象，他那并非巧舌的诉说，却为我留下了深刻印象。

尔顺的诗大都是清纯、明亮的，似乎与晦涩阴暗势不两立，但这并不等于不要含蓄、婉转，如《锄韵》：

六月
是锄地的季节
田垄上串串问号在移动
锄板像琴键
拨动着行行禾苗
音律便随锄把在心里跳动
汗珠甩在干燥的土地上

吱吱作响
化作一缕青烟
点点滴滴
缕缕串串
点滴是逗号
串串是顿号
从一头撒到另一头
要知道逗号和顿号的分量
到秋后粮食归仓的时候

秋收是农家一年才能做成的大文章，这是只有当过农民才能有的独特体验。锄钩从外形上看确实像个大大的问号，在田垄上移动,时时在叩问大地,今年能不能有个好的收成?但地处丘陵半山区的土地，大都是旱地，属于“望天收”，因天旱颗粒无收的年景并不罕见。锄地是为保墒抗旱，地越旱越要锄，这就是农民常说的“锄下有水”。作者在这里巧妙地用“问号”及“汗滴禾下土”的逗号和顿号，表达了这块土地上农民的辛勤企盼和无奈，尽管这种情况现在已不多见，但诗中所体现的那种感受却是真切而深刻的。

这里需要指出的是，诗只是社会生活作用于人之后的精神反映，是生活的“折射”，而绝非生活的写实记录。脱离生活的虚幻空想，很难引起读者的共鸣，但一味真实地、平面地陈述描绘，也很难展现诗的灵光。从这个角度讲，尔顺好多诗还是显得实了些，陈述性语言多了些。“人要实，诗要虚”，如能更多像《锄韵》这样巧用比喻，多留心“象外之音，言外之意”，或许诗艺还会更上一层楼。

诗集命名为《九月菊》，我猜想作者可能有秋花迟开之意。但九月菊虽然开在秋天，却有她秋光独艳的风韵，尽管没有赶在春天展现芳容，但与秋实为伴，少了娇嫩，更显得朴实、稳重、落落大方。秋光也灿烂！愿尔顺在耳顺之年，能生活常新，诗树常绿！

以上文字，漫不成章，聊表心迹，权以为序。

2017年3月7日于苜蓿斋

附　录

评我拾遗

谈张从海小说

刘润为

河北有张从海者，从诗歌转入小说创作，尔来已有八年。八年来，他似乎缺少了那么一点“当代意识”，不屑于张扬，不事于公关，默默地不辍耕耘于自己的艺术世界。“徒言树桃李，此木岂无阴？”作品表明：他虽然在创作上尚未达到应有的高度，但却是一位足踏在地上而且不乏创作潜力的中年作家。

谈从海的创作，首先碰到的便是他的处女作。《改门换代》（《河北文艺》1980年2月刊登）写一位忠厚老实的农民，迫于一家的生计，教唆儿子改变价值观念和处世方式，控诉了极左倾向对广大农民利益的伤害以及由此而导致的精神水准的普遍下降，同时唱出了一曲党的十一届三中全会路线的颂歌。用今天的审美标尺来衡量，很容易指出这篇作品的幼稚与不足：创作的重心在问题而不在于人、人的心灵；简单地按照当时社会上流行的政治观念剪裁故事，在一定程度上削弱了故事的生活原生态的美感；有头有尾（且结尾是个光明的尾巴）的故事结构侵犯了读者的阅读。但是，在文学观念尚未得到很大解放的当时，一亮相便能拿出这样的作品已属不易。在这里，还应当着意指出的是：创作的重心虽然在问题而不在于人、人的心灵，但是也有对于人物独特、复杂的内心世界的透视；虽然简单地按照当时社会上流行的政治观念剪裁故事，但是也有自己投入身心的对于生活的体验；有头有尾的故事结构虽嫌流俗，但是在故事当中，作者却是努力打破时空顺序，显示了对于小说形式美的刻意追求。

1981 年至 1984 年，是作家从形式到内容进行初步的全面探索时期。

《我又长了一岁》（《长城》1981 年第 1 期），标示着作家对于形式的新的探索。作品以一位十几岁的小姑娘的意识流动，建构她的两个姐夫在她家发生的矛盾冲突，表现了两种人生观、价值观的斗争以及其后隐藏着的新旧两种体制的斗争。从外在形式来说，作品的结构确实错落有致，给人以一种灵动多变的感觉。但是，作家仅仅将意识流作为一种构造故事的手段，而忽略了它与内容的深刻联系。其实，在乔伊斯、福克纳这些意识流大师那里，意识流不是纯形式的东西，而是揭示人的复杂的意识活动，特别是潜意识的必要手段。但是，在这篇作品中，这种现代形式所表现的却是传统的内容，即一个有头有尾的独立完整的故事，与此紧密相连的是小说观察点的失误。作品在表面上虽然采取了小姑娘的视角，但是这个小姑娘却没有少年的天真与幼稚。她能把什么事情都看得很透，而且意识的流动严格受制于叙述故事的需要，不容有多少旁逸斜出。明眼的读者一看便知，这实际上是用作家的视角代替了小姑娘的视角。相反，如果作家将自己隐去，用这位天真未凿的小姑娘的视角去观察、理解这些人与事，那么，这位小姑娘的天真理解，必然与作家及作家暗中要读者接受的理解形成差别，从而使本文的叙述出现一种反讽的语调。这种无形而又存在的反讽语调又在校正小姑娘对于这些人与事的理解。倘能如此，作品的美学容量一定会大大增加。

《梨花月》（《小说选刊》1982 年第 2 期）为我们提供了一个传统意义上的人物性格（即以人物性格的生动性、鲜明性见长，而现代意义上的人物性格则以性格的复杂性即心理差异面的冲突为显著特征）。主人公杨雪花泼辣、直率得带有野味的性格特征简直到了跃然纸上、呼之欲出的地步。笔者坚决相信，在人格面具越来越大、人与人之间越来越难以径直沟通的今天，这个人物将和快嘴李翠莲、婴宁等具有同样的净化人们灵魂的价值。在这里，作家仍然叙述了一个完整的故事，仍然传达了他对于刚刚兴起的农村改革的一种肯定性评价，但是，这种叙述和传达非但未曾损害人物性格的塑造，恰恰相反，人物性格的塑造正是在这种叙述中完成的，人物性格的社会价值正是在这种传达中显示的。总之，人物性格的鲜活性与小说的故事性、倾向性得到了比较和谐的统一。

《爱的方式》(《长白山》1982年第3期)以写情见长。小说的视角变换自如，前半部分从妻子的角度写起，后半部分从丈夫的角度写起，交相辉映、珠联璧合，将这种东方式、中国式、农村式的爱情渲染得楚楚动人，于苦涩的氛围中升腾起一股浓重的诗意。在社会主义的初级阶段，由于很多社会矛盾远未能够得到解决，总会有许多不如人意的事，人们总会有许多烦恼，在爱情生活方面也总是受到各种束缚，总是不能得到完美的实现。“十年携手共艰危，以沫相濡亦可哀”（鲁迅《题<芥子园画谱>三集书赠许广平》），这篇作品实际上反映了中国当代普通人的生存状态以及人们在爱情生活中逃避烦恼、寻求慰藉的心理意向。它与五年后出现的《烦恼人生》是一脉相通的，尽管在情感态度上它要比后者平和得多。

以上的分析可以表明，这一期间，不管是比较成功的作品还是不那么成功的作品，其共同的特点便是单纯。在题材上，表现为审美形态的单一性；在人物性格的把握上，表现为传统性；在主题思维方式上，表现为单维性；在价值判断上，表现为非此即彼的排中性；在情感态度上，表现为爱憎、臧否的鲜明性。应当肯定，在美的百花园中，单纯具有永久性的审美价值。“因为人类的心灵世界在某种特定的时间和环境，总需要向某种单一方向熏陶或净化”，但是，“生活是复杂的，而且越来越复杂；人的精神世界是丰富的，而且越来越丰富。在当今，人们的内在生活不但需要‘单纯’的熏陶或净化，而且需要对生活和心灵进行多方位的观照和把握，需要得到多层次、多侧面的感悟和启迪”（拙作《张力在传统与新变之间》，《文论报》1988 年 10 月 25 日）。一位作家如果仅仅停留在单纯上，显然不能满足当代人的审美需要，同时也表明了艺术道路的狭窄。也许是作家主观创作意识的提升,抑或是时下复杂的社会生活提供了新的契机。自 1985 年以后，从海的创作进入了一个新的时期，其具体标志是，作品呈现为复杂的特点。

《族长》（《春秋》1985 年第 37 期）与《儿子的新招》（《南方文学》1985 年第 11 期）在技术上都没有什么奇巧之处，但是却把握了当代经济、人际关系、社会心理的某些本质方面，从而提供了比较丰富、深刻的认识内容。宗族关系本是血缘氏族社会的产物。在漫长的封建社会中，它所以得以延续并发展扩大为邻里乡亲关系，其根源乃在于分散的小农自然经济的生产方式。这些小农由于人单力薄，无力抵御天灾人害，往往寻求某种共同体的庇护。由于这种生产方式把个人之间的交往限制在十分狭隘的范围，以血缘为纽带的宗族和以地域为基础的邻里乡亲便自然成为他们的共同体。在这种共同体内，虽然也有人对人的剥削、压迫及其他不道德的事情发生，但是和睦相处、互相帮助却是共同的行为准则和道德观念。新中国成立以后，虽然逐步实行了集体所有制，人的交往范围也得到了扩大，但是因为经济基础的薄弱，又因为这种集体经济单位基本上仍然是以宗族、村落来划分的，所以人与人的关系并未全面产生向新的社会主义人际关系的飞跃，在很大程度上仍然与传统获得了认同。而在人民公社经济组织形式解散之后，农民在心理上便产生了一种失落感，转而寻求新的共同体的庇护。重建宗族共同体（《族长》），突出强调邻里乡亲的道德规范（《儿子的新招》）等等社会现象，也便应运而生。然而，这种建立在小农经济基础之上的人际关系毕竟是十分脆弱的。当商品经济的大潮汹涌奔来的时候，经济利益要求人与人之间的关系重新组合。于是，温情脉脉的宗族关系、邻里乡亲关系让位给新的物质利益关系，团结和睦、互相帮助的道德观念让位给拜金主义、金钱至上的观念。义利之争日趋尖锐激烈。《族长》中的儿孙两代对宗族关系的瓦解，《儿子的新招》中的儿子的新招，无疑显示了农村中的一种新的生产力的进步；族长之受冷落（《族长》），吴老增之死（《儿子的新招》），显然是生产力的进步所付出的道德上的代价。而历史，有时就是在这种悲剧性的二律背反中向前推进的。为经济的进步而喜，为道德的沉降而忧，这就是作家情感态度上的矛盾。正是这种矛盾性，使作品产生了为以前所不曾有过的厚重感。

《锤声》（《珠海》1987 年第 5 期）作为短篇，既相当精致又有较大的容量。作家将事件的发生、发展推到幕后，截取事件的结果作为横断面展开，在展开中带出原因。裁剪的简洁为作家的描写提供了天地，在不足三千字的篇幅中，依然不乏精雕细刻的描写。情节相对地弱化，除了祖、孙两代人的平淡而又平静的若干句对话以外，似乎什么也没有。凝滞的氛围、凝滞的人物心态，像巨大的软体动物一样压在读者的心头。“爷爷”用天福家的拖拉机拉了一趟煤，竟然要用“打十二天石头”来抵偿。这种劳动量交换上的巨大差别，在老人心头居然激不起一点点涟漪，他是何等样的心安理得！当孙子说到诸如“军官”“工程师”之类时，“爷爷”又教导说：“别听老师那些话，长大了爷爷有好手艺（笔者按：即打石头）教你哩。”读这篇作品，总是令人联想起《庄子·天地篇》中的一个故事：孔子的学生子贡在汉阴看见一个老者抱瓮打水，便问道：为什么不用桔槔？老者答道：桔槔是机巧工具，用了会助长机巧的心思。子贡听罢，敬佩得五体投地，赞不绝口。由此看来，这种自我封闭、安贫乐道的心理乃是千百年沿传下来的农民的劣根性。哀其不幸，怒其不争，这就是作家复杂的情感态度。除了对于农民劣根性的透视、批判以外，作家还提出了他的一个困惑。半天的使用机器的劳动需要用十二天的手工劳动来抵偿，个人劳动时间显然相差很多。但是，将个人劳动时间折合成社会必要劳动时间，各自又应当是几许，从而又是否属于剥削行为？即使属于剥削行为，又应当怎样评价？对于这一连串的问题，作家困惑，笔者亦困惑，只好请读者自断。

对于从海小说的巡礼，至此便告一段落。其间的是是非非，笔者不敢自以为是，一任作家与读者明鉴。重要的问题在于未来——从海的小说达到目前水平后，究竟如何前进？这里拟提出两个问题，供作家参考。

一曰破除审美上的中庸意识。所谓中庸，北宋理学家程颢、程颐注道：“不偏之谓中，不易之谓庸。”（《遗书》卷七）换成我们今天的哲学语言说，就是追求对立两端的统一与中和。表现在审美上就是要求在客体矛盾冲突与主体情感强度的把握上做到中正、平和，不能过“度”。所谓“哀而不伤”“怨而不怒”，其是之谓也。这种中庸的美的状态与审美意识，自有其价值和合理性。但是，如果将一切审美对象都强行纳入这个框框，便未免以偏概全。尤其是在当代，由于种种复杂的原因，大起大落的情感激荡越来越成为人们的重要的审美需要。人为地缓和审美客体的矛盾，有意地削弱情感态度的强度，与当代的审美趋向显然是不相称的。在《儿子的新招》中，帮乡亲盖房（义）与出外包工赚钱（利），显然是一对矛盾。作品中的“儿子”是怎样处理这个矛盾的呢？他既打算坚持在外包工又想顾全乡亲的面子。这带有温情的一笔，无疑大大缓解了矛盾冲突的强度，其结果是削弱了作品的典型性和思想的深刻性。此类情形在《爱的方式》等作品中也有所表现。这就是作家审美上的中庸意识在作怪。它像一根无形的绳索，束缚着作家的艺术创造力。用笔拘谨、气魄不大，当然也就是很自然的了。

二曰增强艺术创造的自觉性。当作家沉入对于审美客体的观照时，必须作为一个有完整的生命表现的人存在；当作家进入艺术表现过程时,必须自觉地受制于必要的审美规范。歌德说既要做自然的奴隶又要做自然的主人，王国维说既要入乎其内又要出乎其外，大抵也包括这个意思。从海创作的非自觉性，主要表现为动机与效果的分离。《看林人》（《作品》1988 年 3 月号），据作家说是想通过主人公老黑的心理活动，表现部分农民在人民公社解散以后产生的空虚感和失落感。这本是一个很有价值的新鲜的题旨，但是本文的特定结构却不能将读者的联想、想象和理解引导到这个方面。大多读者从本文中见出的，却是揭露盗伐林木现象的主题。《夜色匆匆》等作品也大抵如此。究其根源，大概是因为在艺术表现过程中忽视了读者的存在。

德国接受美学家瑙曼认为，文学本文是一个决定性结构，人们如何感受、理解、接受文学作品是由本文的决定性结构决定的。（见《接受美学与接受理论》）因此，作家在艺术表现过程中必须始终意识到读者的存在，必须思考应当营造怎样的本文结构，才能使自己的创作意图在读者的接受中变成现实。

1988年11月8—11日于石家庄

原载《文心与文变》（光明日报出版社1991年10月出版）

一束青春的火花

宋木林

得悉《梨花月》获《鹿鸣》杂志 1982 年小说一等奖，一种欢欣之情油然而生。这是一篇主题积极深刻、格调清新健康、内容真实感人的好小说。它通过在大转折时期农村青年的生活矛盾和爱情纠葛，热情地赞颂了站在当今生活潮头的先进人物；并通过对党的新经济政策实施后农村生活和人们思想上所发生的巨大变化的生动描写，展示了生活发展的可喜趋势。作品文字清丽，基调亢奋向上，全篇充盈着一种欢快的气氛，较好地表现了现实生活和时代精神，是一曲新生活真情的赞歌。

这篇小说之所以能产生可喜的效果，首先是因为作者为我们塑造了几个形象鲜明、个性突出的人物。小说的故事虽然也很引人，但它却是围绕着人物的塑造来展开的，是为表现人物的思想性格服务的。作者始终注意把人物放在描写的中心位置上，这是作品的一个特点，也是它取得成功的重要原因。正是由于作者的这种努力，所以他笔下的几个主要人物都栩栩如生，其一颦一笑、一举一动，都带有强烈的个性特征。

杨雪花，是作者以极大的热情，全力以赴地塑造出来的一个社会主义的新人形象。她是一个积极热情而又大胆泼辣、心地纯洁，胸怀坦荡而又口齿锋利、勇于斗争的青年，是一个热爱集体、关心他人、充满青春活力和生活向往的农村姑娘。值得称道的是，作者在作品中不是平板地介绍她的先进思想，或一味赞叹她的高贵品质，而是借“我”的眼和口，对她有褒有贬，有抑有扬，而前面的贬抑，正是为了反衬和更好地表现后面的褒扬。扬而不拔高，贬而不损人物的思想光彩，这就使雪花的性格既鲜明突出而又真实可信。故事开始，作者写了在推举“我”当车马店服务员兼会计问题上“我”和雪花的对立，接着写她对“我”思想上、工作上的批评以及“我”对她的反感，这不但直接展示了她的思想，而且也为后面进一步刻画她的思想品质以及“我”对她认识的改变作了铺垫。以后，随着情节的发展，作者用一个个的细节描写，层层深入地剖析她的性格，表现了她的思想美、情操美。尤其是她对“自己端着铁饭碗，倒见不得庄稼人吃个烧饼，值不值就是复辟”的人理直气壮地反驳，以及她甘做月下老儿，热情为“我”和月玲牵线搭桥的两段描写，更使她的精神境界一下升华到一个新的高度。这是一个新时期的新女性形象，是一个身上迸射着时代精神光芒的人物，也是一个真实可信的人物。雪花的一言一行，是那样的出之自然，符合她的思想和性格,使人感到完全是一个生活中的真人和活人，而不是根据某一概念硬拼凑起来的木偶。读过之后，她那细瘦的身影、苗条的体态，仿佛出现在我们面前，她那脆如炒豆般的话音也似乎还在耳畔震响。只是我觉得，这个人物的性格虽鲜明却稍显单一，否则，人物就更成功了。

春梨，这是作者奉献给读者的另一个“熟识的陌生人”，是一个性格的鲜明性与丰富性达到较好统一的人物，是一个有点可笑、但令人喜欢的人物。现实生活曾经存在的落后现象和他本身的某些思想局限，使他身上产生了一些消极的东西。他“不甘心于受命运摆布”，然而又没有找到正确的前进方向，企图靠个人奋斗的“人生计划”，来摆脱困窘的生活。他对天真、淳朴、开朗、很有朝气的杨雪花，总是看不顺眼。他视服务员的工作为低人一等，丢人现眼，“死也不干”；后来不得已勉强到任，也总是不安心，不满意，工作不负责任，对顾客冷若冰霜，并羞于见老同学。但是，生活发展了，人的思想也不能不随之而变化。在雪花的影响和生活实践的教育下，他的思想认识逐步起了变化，对雪花的成见在不知不觉中冰释了，工作上也热情勤快起来。作者对这个人物把握较准确，没有丑化，也没有拔高，而是写出了他的思想产生的原因和发展变化的根据，因而人物性格饱满，是有血有肉的，富有光彩的。这个人物是现实生活中正在人生道路上摸索探求，虽步履蹒跚、时见趔趄而终究是不断前进的一代青年人的典型概括，他对自己的“人生计划”的否定，表现了这些青年人在新生活浪潮推动下的觉醒及其与旧的人生态度和糊涂思想的告别。从他的转变里，人们不是听到了生活前进的脚步声吗？胡耀邦同志在党的十二大报告中谈到对青年人的教育时说：“尽管‘文化大革命’使他们的成长受到很大损害，但是绝大部分青年的政治本质是好的，近几年的进步是明显的，少部分青年中的消极现象经过教育是可以改变的。”“各级党团组织要更多地同广大的青年接近，做他们的知心朋友，从政治、思想、工作、学习、生活上关心和帮助他们。”春梨形象的塑造，就是对这个问题的形象说明，它对表现作品的主题思想，是不可忽视的；对于在社会主义精神文明建设中，如何认识一部分青年人的思想现状及如何开展对他们的思想教育工作，是不无启示意义的。

《梨花月》在艺术上也很有特色。作者是一位才华初露的诗人，以诗人而为小说，就使他的小说具有了诗的意境等特点。小说的开篇，作者就以优美的文字、抒情的笔调，为我们描绘了一个情景交融的美妙境界。在这里，描写与抒情密切结合，景语与情语融为一体，使作品意蕴深沉，余韵悠扬，充满诗情画意，把读者引进一种令人神往的意境之中，不但成功地刻画了人物，表现了春梨在赴约途中那种兴奋、欣喜、轻松、欢乐的思想情绪，同时也使读者在美的享受中，不禁情满于怀，在感情上受到陶冶。古人作文，讲究“句中有余味，篇中有余意”，要求有丰富的内涵。这篇小说就具有这样的特点。它用语婉曲，不作浅露的直说，不少地方写得含蓄蕴藉，不时透露出言外之意、弦外之音，需要读者去“思而得之”，因而耐人咀嚼，颇有韵致，读来味长。意境的创造、含蓄的笔墨和抒情的笔调，使这篇小说具有了一种特殊的风味。我觉得，个别地方似乎含蕴得过了点头，隐而不晦，含蓄又不叫人感到生涩难懂，才是我们的目标。

读这篇小说，我们还会发现，作者在构思上是下了一番功夫的。小说一开始，作者就把我们带入了故事的中心，并且用一个接一个的悬念吸引住了我们：春梨为什么那样心旌悬悬、思潮起伏、兴奋不已呢？噢，原来我们的主人公经过激烈的思想斗争，终于下定决心，爱上了一位姑娘。然而，这位姑娘是谁？她是个什么样的人？她为什么要给他送“芳笺”？他们相会密谈的结果会怎样？这就不能不使读者怀着要弄个水落石出的心情读下去，追寻着主人公的足迹，我们终于找到了一位年轻姑娘杨雪花，在夜阑人静、月色迷人的梨园，春梨带着局促不安和勃勃春情的复杂情绪，终于和他心爱的姑娘交谈了。至此，答案似乎已经亮明。然而，我们竟和主人公一样，上当了！接着，作者的笔锋一转，告诉我们要真正和春梨幽会的是月玲。原来，月玲已经暗暗地爱上了春梨，雪花来此只是为他们把问题“捅开”，作为月下老儿为之搭桥而已。情节的突然转折，实在出人意料，然而联系作者前边的一些伏笔和暗示，却又觉得合情合理。别开生面的开头，出乎意料的结尾，使人读来有清新不俗之感。作者很善于截取，他把切入故事的重点放在春梨赴约的路上，以赴约开始，以奔向风灯（它指示着他所爱的姑娘的位置）结束，以其经过激烈思想斗争后怀着欢悦甜蜜的心情去幽会始，又以其经过新的思想矛盾后更加执着的追求终，首尾呼应，前后相连，中间倒叙春梨与雪花之间从矛盾尖锐到嫌隙逐渐消解，以至春梨最终爱上雪花的过程。这就不仅使作品严密、协调、匀称，而且避免了呆板的平铺直叙。整篇小说波澜起伏，跌宕有致，篇幅虽然在万字以上，读来却不叫人感到冗长和生厌，这说明，作者对短篇小说的结构、布局还是颇具匠心的。

作者很注意语言的选择与锤炼。作品的叙述语言洗练、清新、富于生活气息和抒情色彩。而作品中的对话，尤其令人喜爱，不少地方都写得十分精彩。请看，在小队社员会上，当“我”表示“店小二，我死也不干”并引起一阵哄笑之后的一段对话：

“店小二？还你娘的店小三哩！”近门的嫂子笑得前仰后合。

“你小子真能当上《三岔口》的店小二，咱给你修牌坊！”远门的三叔磕着烟锅儿。

“人家娃子是薄脸皮儿，怕是抹不开脸哩……”好心的大娘搓着麻绳儿。

“春梨，你还是新青年、高中生哩！吃队上的粮食长大的，队上用你出把力，倒扳起来。哼！拍拍心口……”“我要是你，用不着乡亲们求山神、拜土地，把你那身男人皮剥下来，我就去！”（杨雪花说）

在这一段对话里，不同人物说出的话，完全符合各自的身份地位，并或直或曲地表现了他们的思想性格。又如，当雪花发现春梨为顾客灌的水不开时，她唇枪舌剑地说的一段话：

“你请我？不配！八抬轿接，小汽车拉，我还不一定来哩！我进的是集体的店，仗义、舒心、气派！”

话语简捷，铿锵有力，把雪花那“两片嘴唇像是两片双刃刀片，锋利、尖刻，和谁吵起来，就像二百头的响鞭”的性格特点及其对社会主义集体事业的自豪感、责任感和高度主人翁态度，和盘托给了读者，有力地表现了她的思想、性格、气质和精神面貌，堪称个性化的语言。仅从这里，一个触手可摸的、带着自己的音容笑貌和身姿语态的鲜明动人形象，就已经活脱脱地站立在了我们的面前，使人久久不能忘怀。

原载《鹿鸣》（1982年第8期）

《草根》诗集序言

浪 波

春节前夕，老友从海拿来他的诗集《草根》的清样，嘱我写一篇序言之类的文字。为人作序，在时下看来，似乎是件颇为风光之事，其实却是一桩苦差。我生愚钝，常常是通读数万乃至数十万言的原著，踌躇旬日，才写成一篇千字短文。

“苦恨年年压金线，为他人作嫁衣裳”，还不知这“嫁衣”是否合体，是否入时。好在从海是老朋友了，我们之间，既有同乡之谊，又有同事之雅，彼此可谓深知。有念及此，也就不揣浅陋，权作冬烘闲话，无妨姑妄言之。

开宗明义，我喜欢《草根》。草根默默，草根不死。诗集以“草根”命名，盖有深意存焉。“离离原上草，一岁一枯荣。野火烧不尽，春风吹又生。”白居易吟咏的是原上之草，而从海想到的则是草下之根：

你极易死灰复燃
只要诗心不死
春风轻轻拂过
便会拱出绿色的诗句
尽管泥情土韵
当雨的表演淋漓尽致时
你听不到树叶的热烈掌声
只待它们疲惫地渗进泥土
你感受的只是热烈后的沉寂
注定学不会轰动技能
在你意识的词库里
只有生存　没有表现
你的诗句注定要归还泥土
却也装扮了大半个春天

无声无息，顽强柔韧。这里既是对于生命的礼赞，同时又是诗人的“夫子自道”，看似直白浅近，实则意旨高远。我欣赏这样的诗句，不是其外在的空灵，而是它内涵的厚重。

从海是一个实实在在的人，他的诗都是实实在在的诗。追求“实在”，在当今浮躁的世风之下，似乎有点儿不合时宜。但是，就诗界而言，所谓的“民间写作”也好，“知识分子写作”也罢，象牙之塔里面的恩怨尔汝，雅到极致，却难免被人看出俗来。从海出身农家，在少年时期，他就学会了耕耪锄犁，“躬耕不自欺”的朴素信念，在他的心灵里扎下深根。或许正因如此，他才像侍弄庄稼那样，不惜汗水地经营自己的诗句：

青春无悔
但你毕竟失去了姹紫嫣红
你用老年黄花回报大地
多了几分成熟　少了几分娇艳
更有同样的热烈与真诚
无须抱怨　喟叹
你的伤痕文学
被蜜蜂读得一塌糊涂
你把所有的苦楚
都浓缩在荚角里
酿出油香
那是高浓度的情感
没有谁能承受豪饮
只需几滴
足矣

这是从海笔下的《油菜》。北方农村常见的油菜花，在诗人眼里，不仅仅有装点绿野的一片金黄，还有成熟的“荚角”和由此酿出的“油香”。这样实在的景物，这样实在的诗句，非亲历劳作之苦者，岂可轻易得到。诗之感人处，在于真情，在于实境。真情实境的诗歌，不必铺排张扬，唯求浓缩凝练，对于读者来说，也“只需几滴足矣”。

通读《草根》，在分别以“落叶”“城市的梦”“诗的回味”“车行高速路”“故土”“蘑菇城”为题的六辑之中，我特别看重的还是《落叶》和《故土》。从海虽为诗人，但是说到底，还是一位“知识化的农民”，惟勤惟谨，诚朴笃厚，在他身上，绝少一般“文化人”的浮华与清高。正是他的这种“农民情结”，使他写《油菜》，写《果树》，写《春联》，乃至写《三仙姑》，别有一种深情，别有一番风味。相比之下，《城市的梦》《车行高速路》两辑的一些诗作，也就显得有点儿浮光掠影。这并不奇怪。从海虽然进城多年，但他的根还在农村，还在生他养他的那一片热土。

在我众多的诗友中间，从海是颇具艺术才华的一位。早在20世纪70年代，他的戏曲剧本《小哨兵》一度唱红舞台；80年代，他的短篇小说《梨花月》又获省级大奖；他的诗集《二月兰》更以清丽素雅风格为诗界瞩目。外界鲜知的是，在文学之外，从海的书画艺术还有颇高的造诣。他的书法，通魏碑汉隶；他的国画，兼及花鸟山水，触类旁通，各有所成。正是这种多方面的艺术实践，使他的诗歌创作不断出新，日益精进。从海的诗一如其人，不是锋芒毕露，而是稳健扎实；不是纵情呐喊，而是娓娓诉说。面对当今风风火火的诗坛，他默默地耕耘着自己的一方土地。在“新潮”看来，他趋于“保守”；在“正统”的眼里，他似有“叛逆”。对于这一切诗学领域的是是非非，他了然于心，但并不十分看重，因为他知道只有实实在在的劳作，才会有实实在在的收成。

感谢从海老友，在新春佳节之际，拿来他的《草根》，使我以诗佐酒，别有一种滋味。微醺之中，半是醉话。诗无达诂，见仁见智。信口说来，漫无边际，亦一家之言而已。

2000 年 3 月 10 日

原载《草根》（花山文艺出版社 2000 年 9 月出版）

扎在乡土里的《草根》

刘　章

诗人张从海将他的诗集名《草根》，自是有深意的，取白居易名篇《赋得古原草送别》的诗意，他有自己的诠释："你感受的只是热烈后的沉寂 / 注定学不会轰动技能 // 在你意识的词库里 / 只有生存没有表现 / 你的诗句注定要归还泥土 / 却也装扮了大半个春天。"

一个诗人写什么，甚至书名，总是体现诗人的美学观，体现他的追求、他的理想和信念。张从海出生在冀南农家，参加过农村劳动，从骨子里亲近农民和泥土，始终也割不断这种联系。出生于井陉太行山中的小说作家康传熹说过一段很精彩的话，他说，从小生在农村，和土地打交道，影响太深了，如今虽然身在城市，住的水泥结构的大楼，可是做梦总是花草和庄稼。对此，我是深有体验的。我想张从海也一样。从海多年从事文艺工作，生活在大城市，接触和认识当今社会众生相，他写城市生活，写高速公路，写对诗的思考，反映的生活面很宽，也有一定深度。有一首题名《乞丐》的诗：“只要让自己矮下去／把脸和手倒换位置//其实矮下去的人并不少／只是不在街头”。言少意多很有概括力，很有余味。他的寓言诗“蘑菇城”写的是大黑熊当了蘑菇城的市长，好大喜功，专门做表面文章，几次失火，不是救火，改变被动局面，而是一味表扬救火英雄，自己当英雄市长……很有意义，很深刻！也许是偏见，我更喜欢《故土》一辑，所以我说，张从海的《草根》，是扎在乡土上的草根。

他写“踏上你／我走进另一条隧道／一阵风便吹去心头的积尘”的《村路》，他写“他们骑摩托车／肩上照样扛着锄头”的《乡亲》，他歌颂“没有读过治家格言／却总能在艰辛中编制家庭温馨”的《母亲》，文笔朴实，感情真挚。诗贵在把别人写烂了的生活写出独到的新意，《春联》就是这样的诗。说春联是把“一年的劳顿苦累统统被贴上封条”又说“这是家家发表宣言的唯一机会”，比喻鲜活而又贴切。

有人说：“新诗日日千余言，全无一字忧民语。”极端个人化的写作，故作高深，把明白话说成糊涂话，败坏了诗歌。张从海是清醒的，他的《草根》，表达的是对草民的爱，对草民所处的不良生存状态的同情。小叙事诗《这是真的》，写的是一个农村青年“凭技术，凭思想，凭才干”被招工，填了招工表，写信告诉了父亲。在没人办不成事的今天，父亲不信，以为村长说了好话，想办法给村长送礼，一次次被拒收。他以为事情准落空，得了精神病……读了让人感到沉重！《三仙姑》揭露的是农村存在的根深蒂固的封建迷信。诗写道：三仙姑的“门口常停一串小汽车 / 于是邻居也跟着沾光 / 左边开了冥界的用品店 / 右边开了阳界小吃铺……村长忙着收农业税 / 把精神税交给她收”。这是一首写实的诗，没有半点渲染，他写出了村民的麻木和农村精神文明建设的艰难。我觉得凭从海的生活经历和思想敏锐，这样的诗还应更多，更深厚些。

草根不死，诗心常青，愿从海充满泥情土韵的诗蓬蓬勃勃！

原载《中国艺术报》（2001 年 11 月 16 日）

留得根蒂在，岁岁有东风
——张从海诗集《草根》哲理短议

申　身

今年十月，在鹿泉诗会上，张从海诗友送我一本他新出版的诗集《草根》。读老诗友的新作，是一种文学享受，也是一种借鉴学习，我从序文、诗章直到后记，通读一遍，又对其中部分诗作了反复品味。十年前，我读过从海的第一本诗集《二月兰》。两本诗集相比，《草根》有着两个明显的特点：一是吸收了近些年诗界开拓意象组合的新成果，使诗的造语、造境、造象有了“标新立异二月花”的新态势。二是诗中的哲理含量大大增加，把诗推上了浑厚、凝重的新档次。关于意象问题我就不说了，我只对诗中的哲理问题多说几句。

这本诗集共收诗 110 首，其中含有哲理的诗为数不少，诗中哲理的存在形式大体分三类：

第一类是纯粹的哲理小诗，例如《太阳》这首："最虚弱的时候／偏爱显示硕大无比／用胭脂粉饰成轰轰烈烈／把红旗插满天空／其实只要日到中天／用不着虚张声势／凭借实力 虽小／足以让不服者垂下眼睛"。这种类型的哲理小诗，在诗集中占了不小的比重。

第二类是夹杂在非哲理诗中的哲理诗句。通常人们按诗的内容分为叙事诗、抒情诗、写景诗、议论诗和哲理诗五个种类。前四类诗的主旨不在哲理，但其中往往出现富含哲理的诗句。这类诗句在这本诗集中也是多处可见。例如：《河沙》中的"自从脱离岩石／便失去了大山的尊严"；《古墓》中的"一个重见天日的翻身／殉葬品和主人倒换了价值"；《剥棉桃》中的"生活中有太多不成熟的收获／却支撑着起一个成熟的信念"；《谒中山陵》中的"睡着的是先生的遗体／醒着的是先生的思想"等等。

第三类，既不是哲理诗，也没有独立的哲理诗句，而是在或抒情或叙事或写景的后面，呈现着或浓或淡的哲理背影，当人们读罢全诗之后，会联想许多，似有所悟。这类诗都是"理从篇外来，悟由回味出"。

从海自 1965 年开始发表作品，一位有 35 年写作经历的诗人，能写出有一定哲理含量的诗作，客观地说不算"二月初惊见草芽"，一般成熟的诗人都可能做到这一点。所以诗集中的哲理之贵，不仅仅在于量大，而真正可贵的在于质高，道人无曾道，新人不曾新，深入未曾深，这才是诗人的功夫所在，从这个角度来看，从海没有亏待读者。诗集中有一首题为《红叶》的小诗，一提到“红叶”，人们很自然地想到杜牧的名句：“霜叶红于二月花。”这之后，有些写红叶的诗，都步杜牧后尘，一味在红叶的“红”色上做文章，有的写为“流丹”，有的写为“火焰”，有的写成“红霞”，有的写成“红色旗帜”，其实这只是变了词语，并未突破色彩范围。从海写红叶的小诗，就选了一个新的角度，用“红花需要绿叶配”这个俗语作为切入口，写红叶“并非生来只能当配角／该当主角时当仁不让”，以“主角”意识为支点，来写红叶地位升迁的情思。由色彩审美，跃为意识审美，这就新了，也就深了。还有一首写“昙花”的诗：“太阳尊贵／让百花争相朝拜／而你不以为意／独自在夜晚抚慰星星／即使短暂也惊世骇俗”。写昙花的诗，屡见不鲜，但多是重复贬责“昙花一现”的旧思路，而从海笔下的昙花，一反世俗，不媚尊贵，开谢虽短，主义不短。

以上我是就诗说诗，现在我再啰唆几句诗集以外的话。我觉得，作为诗人应当重视哲理在诗中的价值。从哲理本身说，它是自然、社会、人生这个大范畴的宝贵矿藏，是一项公产，不论是政治家、军事家、经济家、科学家、文学家，尤其是诗人，谁开采谁受益，多开采多受益。哲理并非远在天涯难寻觅，其实就在你的眼前足下。从读者审美说，不论古人今人外人，也不论高官名将、文人骚客、庶民百姓，都有喜爱、接收、思考哲理的审美心理机制，接收哲理有自觉性也有积极性。从诗人创作说，把哲理写入诗章诗句，就等于为自己的诗注入了长青基因，也就是说，富含哲理，易成名篇佳句，可远传、广传、久传。比如说，单就以草为喻体的哲理名句就有“离离原上草，一岁一枯荣，野火烧不尽，春风吹又生”“草色远看近却无”“草深无处不鸣蛙”“池塘生春草”“疾风知劲草”等等，这些诗句已不单为作者所有，而已成为代代相传、人人共享的历史文化财富。

历史经验提醒诗家，诗当写多，更贵写好。从诗的流传角度看，一首名诗一个佳句，能顶一千首平庸诗作，就像从海写的《油菜》的油一样：“只需几滴/足矣”。我想，我们燕赵诗人每人一生能写下一首传世诗作，这对我们的历史文化该是多么大的奉献！

从海诗集中的《草根》那首诗，大有文章。从地表上看，根“只有生存，没有表现”；入土三分看，没有表现本身就是一种的表现。古人有诗道：“留得根蒂在，岁岁有东风。”一旦春风春雨前来召唤，草根便会把绿色送上春山，送遍原野，送至天涯。

原载《文论报》（2001年4月1日）

老根又发草色新

——读张从海诗集《草根》

萧振荣

在前不久的鹿泉诗会上，从海赠我一册刚刚出版的《草根》，嘱我读后提点意见，并说到《草根》的创作、编选和出版，是由于去年校对《河北50年诗歌大系》深受启发，觉得自己还能写点东西，由是成焉。对他的东山再起，或叫卷土重来，而且是携一件沉甸甸的“兵器”悄无声地杀回诗坛，我着实受惊匪浅。尽管他的《二月兰》依旧余香袅袅，但毕竟十几年过去，已是蜂渐不闻蝶渐悄了。在这样一个诗歌不景气之情势仍无任何转机的时刻，见诗人未枯的“兰草根”上又泛新绿，怎不令人惊喜！那么，这是怎样一种顽强的根呢？让我们拨开那丛繁花茂叶，扒开那片肥壤沃土看看吧：

你极易死灰复燃
只要诗心不死
春风轻轻拂过
便会拱出绿色的诗句
尽管泥情土韵
…………

（《草根》）

可以说这是从海重返诗坛的告白。他将这首诗的题目作为书名，其意味蕴藉，尽在这深深的根上：即使一时休眠，叶落花凋，但只要诗心不死，诗根犹在，一旦有诸如校对《河北50年诗歌大系》的机遇，便会春风吹又生。

如果说《草根》的出版意味着休眠有年的诗人终于春风吹又生了，那么当初又是什么样的野火使他销声匿迹了呢？我想，除了他在《后记》中所说内部工作安排变化频仍，以致离诗愈来愈远的客观原因外，主要还是由于当时诗界现代流派纷呈，传统手法受到压抑，从而“看破红尘”之故。这一点，尽管未见他在言论中披露，然而，却在诗集中“诗的回味”这辑论诗的诗作里表现无遗。即以第一首《诗的回味》为例：

诗的朦胧

在于它的多义性
于是就有张力 就神秘莫测

诗人希望别人争执
像猎人布下无数个陷阱
从哪个方向来都是猎物

始终不知自己是否读懂
那些棉花搓成的句子
总怀疑自己的理解是自作多情

诗人抱着双臂微笑
从来不揭谜底
现一副超然的宽容

我无法与诗人坦诚相见
总觉着诗人是爷爷
自己是幼童

有朝一日我发现
这是个诗人只赢不输的赌局
从此不再读诗

如果说这首诗反映了诗人对某些“现代诗”以及当时诗坛风气的困惑、迷惘乃至失意的心态，那么，《诗人的河》

则是他关于诗的旗帜鲜明的主张，本辑诗凡十二首，均为批评诗歌时弊或阐发自己诗观和艺术见解的诗体言论，思想凝重，笔锋犀利，语言洒脱，意趣盎然，是这种题材近年来不可多得的力作，也是诗集中我最喜欢的一辑。这辑诗中的许多篇什，还在不经意间表现出诗人于书法、国画等艺术门类的颇深的修养，像“当你把简单的点横撇捺／写成山石 河溪／写成风雨 鸟兽／写成屋漏痕 锥划沙／写成舞剑的公孙大娘／你就成了书法家”（《书法家》），像“从规规矩矩的馆阁体／到披头散发的现代体”（《雅石协会》），我敢说，若不精于书法其道，是绝对写不出来的。从海是个实在而又率真的人，面对扑朔迷离、百读不解的一些所谓“现代诗”，他不会不懂装懂地虚以附和，而是不怕见笑地写出自己实实在在的看法。在我看来，这并非勇气所致，而是本性使然，从这辑诗我们不难得出这样的结论：诗人虽一时告别纷纷攘攘的诗坛，然而一颗不死的诗心却从未放弃执着的追求，从而暗暗蓄势积能，使割不断的诗根在地下日渐发达。

我很赞同浪波兄的说法：“从海虽然进城多年，但他的根还在农村，还在生他养他的那一片热土。”不管它怎样发达，你都能从诗集中嗅出由这“根”生发的枝叶花果所弥散的故土浓郁的气息。关于《故土》一辑，我也非常偏爱，因浪波已把我想说的话都已说尽，故在此不赘。我只想补充一点，那就是在“故土”之外的各辑作品中，无论写什么题材，农村生活中的诸多意象随处可见，而且运用得纯熟自然而又恰到好处。如“村里的人／就蹲在冬日的墙角里／半闭着眼睛养神”（《闲人》），“城市的一块高粱地”（《卡拉

OK》），“三十年前／我会把你丢进阴沟／因为你撞坏了我的锄头”（《雅石之一》）等。可以想见，若无农村生活的深厚积淀和对故乡的眷念之情，便不会有如此信手拈来的功夫。这也可从一个侧面佐证从海的根之所在及其顽强生命力的本源。

自认为学诗的道路与从海相同，且也已远离诗歌许久，因而以上谈从海之根的拉杂话，其实也是一次自我寻根，说是与从海共勉，该不算什么客套。正如从海《草根》中的诗句，我们这号人“注定学不会轰动的技能”，那就让我们在有生之年，再平静地写几首实实在在“注定要归还泥土”的诗吧，以不辜负我们共同的根。

原载《燕赵都市报》（2001 年 11 月 1 日）

情、景、理的交融
——读张从海诗集《草根》

孟宪华

闪耀着智慧光芒的诗也许是诗人在灵感袭来时一挥而就的，但这智慧的磨练和积淀却不知要经过多少岁月。展读诗人张从海的诗集《草根》时，我就有这样的感触。

《草根》中的诗大都篇幅短小，语言质朴但笔力遒劲，内涵深邃，尤其引人注目的是，在看似平淡的诗句中包蕴着诗人对生活的哲理性思考。

古今诗人都十分重视炼意，追求诗歌主题的新颖与深刻，而哲理层次则更胜一筹，它是诗人追求的最高境界，也是读者对诗歌作品的终极要求。美国著名诗人惠特曼说：“大地和海洋、走兽、鱼鸟、天空和天体、森林、山川都不是小的主题——可是人们希望诗人表现的，不只是这些不能说话的实物所固有的优美和庄严，而且是他们希望他揭示出沟通现实与他们的灵魂的道路。”（见伍蠡甫主编的《西方文论选》下卷）诗歌是艺术的精灵，诗人是智慧的化身，诗人总是用一双敏锐的眼睛，发现生活中思想的火花，并用文字来烛照人类的灵魂。

张从海是一位朴实的诗人，他在农村出生、农村长大，大自然赋予他“惟勤惟谨，诚朴笃厚”的品格。他像农民一样匍匐在大地上，努力挖掘生活的宝藏。他没有重新开辟一片生疏的处女地，相反，他选择了人们日日耳闻目睹的寻常事物，眼神炯炯地凝思着其中的诗意。有写作经验的人都知道，这是更其艰难的，因而，他付出的辛劳与汗水就非同一般，他的诗作所达到的深刻与厚重也就弥足珍贵。他以生在初冬艰难岁月的油菜唱道：“将油绿铺向田垄 / 你稚嫩地描绘着自己的图画 / 用初生牛犊之童心 / 开辟一派生机”，经过一冬的苦苦等待，“春风还有几站的路程 / 你便激动不已 / 将自己所有的积蓄 / 和盘托出”，“你把所有的苦楚 / 都浓缩在荚角里 / 酿出油香 / 那是高浓度的情感 / 没有谁能承受豪饮 / 只需几滴 / 足矣”。这首诗咏唱的是创造的艰辛，其中的哲理与“宝剑锋从磨砺出，梅花香自苦寒来”相似。但比后者更丰满，其感染力更强。再细细咀嚼，我们又可以悟到：在苦难、屈辱之后，能够淡然面对一切，执着地为世界奉献真诚的爱，这是何等样的胸怀！这是诗人更深层次的思考。

张从海的诗就是这样，初读之后，我们会感叹他对生活理解的深刻，再细品味，又能得到关于宇宙、关于社会、关于人生的哲理。又比如他写农村常见的香椿树：“每年都会得到灭顶之灾／但你还是顽强地活了下来”，“你失去的是树木应有的挺拔与尊严／得到的是年轮里满载的屈辱与创伤”，“你注定要含辱一生／直到根须再也承不起残留的枝叶”，“这算不算红颜薄命／就因为天生丽质——香？”诗人写的是香椿树？是红颜？是又不是，他其实已超越了具体的树或人，写出了一切美的事物的命运。古人曾说，“木秀于林，风必摧之”，凡是美丽的事情，在其生长道路上，总是充满了坎坷和危机，美也正是在一次次的磨难中，更加光彩夺目，更加出类拔萃，这是一种人生体验，也是对美的哲理思考。这些思考不是高高在上的空洞说教，而是在大地上生根发芽的、带着泥土气息的人生智慧，是饱经沧桑的诗人从日常生活中提炼出来的高浓度的“油香”。

读张从海的诗，让人感受最深的是哲理的启迪。但这并不是说，他的诗是在直接宣示干巴巴的道理。诗毕竟不同于格言，诗要含情，还要绘景，诗人张从海追求的是哲理，是诗情和画境的巧妙融合。

诗是个性最强的艺术，任何诗人都无法在诗中隐藏自我，这个自我即指作者自己的人格、情操。但优秀的诗中所表现的不仅有个人的“小我”，更有普遍意义上的“大我”，这个“大我”就是人类对真善美的共同追求。现代著名美学家苏珊·朗格在《艺术问题》一书中指出，艺术家表现的绝不是他自己的真情实感，而是他认识到的人类情感。他在这里所说的艺术家，是指创作虚构艺术作品的小说家、戏剧家等。

在这些作品中，作者在某种程度上可以隐藏“自我”。而诗人和读者是用心在交流，他必须真诚面对读者，抒发自己的真情，而只有当诗人自己的情感与人类的共同情感切合时，才能写出格调高雅耐人寻味的好诗。张从海把笔当作解剖刀，通过对每个身边的人和物进行解剖，让人们更清楚地看到了人性的优点与缺陷。他这样写乞丐：“即使在富裕社会 / 大概也不会绝种 / 只要让自己矮下去 / 把脸和手倒换位置 / 其实矮下去的人并不少 / 只是不在街头”。诗人抓住乞丐为得到点施舍，不惜出卖人格的特点，揭露了人性中卑劣的一面，乞丐成了精神上可怜虫的标本。一般人恐怕只认识到乞丐的可怜，自以为自己有地位、有身份，羞于与乞丐为伍。诗人的高明之处在于他给每个人提供了一面镜子，让他解答“认识你自己”这一千古难题。

在《草根》中，读者还会发现，诗人常以赞美的语言写农村，写故乡。乡友建了一座屋，诗人认为这是乡友的作品，“一个合格的农民 / 注定要留下一部作品 / 供后代修改 / 让乡亲品评”（《乡友建了一座屋》）。极普通的秋草、草根、落叶等自然景物，在诗人笔下，都成了某种精神的化身。而写到城市时，诗人却抱一种批判的态度。《城市的梦》一辑中，诗人描绘了城市环境的封闭和污浊、城市人的局促和困惑、城市生活的单调和乏味。乍一看可能误以为这是诗人的农民意识，其实这是诗人对世界的深层次的理解。随着社会的发展，人类文明程度在不断提高，但同时也越来越远离了自然，远离了人的天性，人和人之间交流少了，诚信少了，戒备和猜疑多了。现在，越是发达的国家，越是有更多的人想逃离城市。诗人在诗集中抒发的对返璞归真的渴望之情，实际上是人类的共同追求，恐怕也是世界发展的大趋势。

诗歌的中心是意境，其中，意指思想或情感，境指诗人描绘的景物或生活画面。具有哲理意味的诗固然追求意胜，即突出诗人对生活独到而深刻的体悟，哲理不是标签，它应该消融在景物的描绘中，如同盐溶在水里看不见一颗晶粒，却尝得出满嘴咸味。

形象思维是诗歌艺术的灵魂，诗人张从海在营造意境时，擅长刻画人或物的形象，移情人物，物我合一，创造出朴素淡雅的画境。诗人于写诗以外，又在国画方面有很深的造诣，他以画家的敏锐发现人与物身上的哲理，又以准确的构图、质朴的语言表达出来。因此，他的诗不以丰富的想象见长，而以境界的含蓄蕴藉吸引读者。他有时采用描述法，描述一段过程一种经历，通过过程或经历的对比凸显对象的特征及蕴含。如他写落叶，就描述了叶子从鹅黄到绿，从孕果实到果实离开枝头不再回头的过程，展示了落叶由自豪到失落，再到淡然以对的心路历程，在前后对比中表现了一种恬淡旷达的人生境界。他有时采用勾勒法，虽寥寥几笔，但有虚有实，虚实相生，人或物的形象跃然纸上。如《昙花》一诗："太阳尊贵／让百花争相朝拜／而你不以为意／独自在夜晚抚慰星星／即使短暂也惊世骇俗。"诗人根据昙花只在夜间开放的特点，把昙花、百花、太阳放在矛盾的对立点上，通过对各自形象的勾勒，刻画了昙花特立独行、不趋炎附势的性格。《草根》集中的多数诗为咏物作品。诗人喜欢通过物的动态表现其品格，即使是静物，他也不是只描绘外形，这样使他笔下的形象带有了灵性，且丰满又气韵生动。他写河沙是“身不由己被举上浪尖 / 又被重重摔下 / 每遇漩涡 / 都在相互撞击中消瘦”。他写城市树：“你想拥抱这个城市 / 枝丫探过街心 / 但高楼却昂首天外 / 沉醉于高空的梦幻”。这些生动的形象都显示了诗人笔法的老到。

总之，诗集《草根》将朴素的哲理同人类共同的情感以及个性鲜明的形象融为一体，达到了较高的境界，确是诗歌百花园里的一朵奇葩。还需指出的是，诗人张从海耐得寂寞，厚积薄发，这种孜孜矻矻、不懈追求的精神又可以给读者诗以外的启迪。

原载《河北文艺界》（2006 年第 9 期）

为“草根”命名的诗人

刘国震

“水泵咳嗽几声 / 便咽了气 / 撇下一个繁星的春夜 / 用锹把垫高脑袋 / 再抖开思绪的蛛网 / 尽力去守护 / 这段空白 / 未经历城里人那种约会 / 等待的滋味在此补偿……”这是我 1990 年在《诗神》（8 月号）(河北诗人专号)读到的诗人张从海《等电》中的诗句。2018 年岁末，与诗人刘向东在微信上聊起邢台诗人时，他提及张从海，我的脑海里立即闪回着这些诗句——28 年前在一本杂志上读到的诗，今天依然鲜活如初！

张从海，曾用笔名纳川、沙丛、丛海、

浩海等。1946 年农历六月初六（公历 7 月 4 日）出生于河北省沙河县东马庄村（现属于邢台市桥西区）。他自号“三六老人”，就与这个出生日期有关。1961 年初中毕业后回乡，成为一名人民公社社员。当时正值国家处于“三年经济困难时期”，日子过得十分清苦，他在艰苦的生活环境里，一边劳动，一边读书学习，坚持写日记，写诗，用这种方式记录下自己对农村生活的感受。几十年后他写的诗歌《对一棵榆树的悼念》《蒺藜》等，就是这段艰苦生活的艺术呈现。“整个秋天 / 我都在收获蒺藜 / 它们匍匐在草丛里 / 从不攀附也不张扬 / 但每一粒都像多棱的金刚石 // 我小心翼翼用镰刀挑起 / 收渔网似的放进挎篓 / 篓满时割把青草 / 垫在背上满载而归 // 父亲把房顶当麦场 / 用桑杈熟练地翻晒着 / 干时便捶下一房星星 / 让一家人的眼睛都亮起来 // 碾子上的蒺藜面 / 足以让整个村子眼热 / 母亲用它拌苦菜　拌洋槐叶 / 自己却舍不得吃上一口 // 它帮我熬过一个难忘的冬日 / 话语里却不会带刺儿 / 只是想起母亲 / 心里还被扎得隐隐作痛”。这首《蒺藜》是写实的，是生活的馈赠，特有的经历，独到的感受，使之具有打动人心的力量，与那些浮光掠影、无病呻吟之作不可同日而语。几年的光景，张从海学会了一个合格的庄稼人所有该会的农活，也在劳作之余，阅读了大量的文学作品，为日后的创作，储备了丰富的情感与知识富矿。后来他回忆说，附近村庄里，凡是能够借阅到的书，都被他设法找来读遍了。诸如李瑛的诗集《红花满山》，高尔基的《童年》《在人间》《我的大学》，奥斯特洛夫斯基的《钢铁是怎样炼成的》，马雅可夫斯基的长诗《列宁》等等，都是当时读到的。赵树理、周立波、李瑛、公刘、雁翼等中国现、当代作家诗人的作品，对他的创作产生了很大影响。

张从海的文学创作，起步于在村里搞俱乐部，自编自演一些反映农村生活的节目。1965 年，他创作的快板剧《谁的席》被沙河县文化馆选中，参加了省里的文艺汇演，并作为优秀剧目在全省巡回演出，剧本发表在河北省群艺馆主办的《俱乐部》杂志。此后他成为民办教师，并于 1971 年被选派到邢台师范进修，后又转到沙河县速成师范班，毕业后转正成为国家干部，到沙河县文化馆任创作员。1973 年他创作的剧本《小哨兵》被搬上舞台，参加了省文艺调演，被评为优秀剧目。1975 年 11 月，河北人民出版社把这个剧本作为“文艺宣传队丛书”之一予以出版。1975 年调河北省文联，历任《河北文艺》编辑部诗歌、戏剧组编辑，《长城》编辑部小说组长，河北省文联办公室副主任、经济开发部主任、文艺理论研究室主任。1985 年 3 月至 1987 年 1 月，在鲁迅文学院编辑进修班学习，1986 年 7 月毕业于河北师院（夜大）中文系。

在保存至今的一本纸页泛黄的刊稿剪贴上，可以看到张从海 20 世纪 70 年代的一部分诗歌作品，这是诗人的早期创作，但大都未收入诗集。如发表在《邢台文艺》1972 年第 1 期的《看戏》（署名浩海）、1973 年第 3 期的《光辉的题词》；发表在《河北文艺》1973 年第 2 期的小叙事诗《接闺女》等等。

发表在《诗刊》1978 年第 5 期的《表模会》和发表在《北京文艺》1978 年第 8 期的《见面会》，以及《诗刊》1979 年第 5 期的《递烟的时候》《戒烟》，《诗刊》1980 年第 7

期的《辣椒哥》，标志着张从海的诗歌创作开始了一个新的阶段。此后，他的创作进入丰收期并逐步走上成熟期，陆续在《河北文艺》《山东文艺》《安徽文艺》《汾水》《奔流》《新港》《延河》《长城》《诗神》《河北群众文艺》《新地》《国风》《清风》《石家庄文艺》《河北日报》《石家庄日报》《建设日报》等多家报刊发表了一批生活气息浓郁的诗作。其中《表模会》《见面会》被收入河北人民出版社1979年出版的《河北诗选》，《戒烟》《辣椒哥》与《等电》《剥棉桃》《在责任田里》等13首诗，被收入郁葱主编的《河北50年诗歌大系》（花山文艺出版社1999年9月出版）。中国文联出版公司1988年12月出版的诗集《二月兰》、花山文艺出版社2000年9月出版的诗集《草根》，荟萃了张从海新时期以来在诗歌创作上的主要成果，以其清丽素雅的格调和质朴醇厚的情韵，受到读者的喜爱。诗人刘章说："张从海出生在冀南农家，参加过农村劳动，从骨子里亲近农民和泥土，始终也割不断这种联系。……张从海的《草根》，是扎在乡土上的草根。"（刘章《扎在乡土里的〈草根〉》，2001年11月16日《中国艺术报》）"你极易死灰复燃／只要诗心不死／春风轻轻拂过／便会拱出绿色的诗句／尽管泥情土韵……在你意识的词库里／只有生存　没有表现／你的诗句注定要归还泥土／却也装扮了大半个春天"。《草根》这首诗，是对生命的礼赞，也可以视为诗人张从海的"夫子自道"或曰"真情告白"。张从海以此成为最早为"草根"命名的诗人。诗人浪波说："我欣赏这样的诗句，不是其外在的空灵，而是它内涵的厚重。"（浪波：《〈草根〉漫话》，《浪波文集》第 3 卷，花山文艺出版社 2017 年 3 月版）2000 年 11 月，河北省文联与河北省作协联合举办了张从海诗集《草根》研讨会。与会专家重点分析了《草根》较之于作者第一本诗集《二月兰》在思想与艺术上的突破与飞跃。张从海早期的作品，善于以生活细节入诗，质朴明快，富有的韵律，具有浓郁的泥土气息。但意象密度不够，某些作品开掘不深，失之单薄浮泛。《草根》中的作品，在继承诗人固有的清丽自然、朴素机智诗风的基础上，加深了对生活现象背后内在意蕴的开掘，更富有思辨色彩、哲理意味和艺术张力，上升到一个凝重、深沉、浑厚的新境界。2001 年 6 月，张从海被中国作家协会吸纳为会员。

除了诗歌，张从海在小说、书法、美术与评论等领域均有建树，出版有短篇小说集《爱的方式》（花山文艺出版社 1991 年 12 月版）和《纳川书法选》，并当选河北省文联第六、七届委员，河北省书法家三、四届协会理事。他的短篇小说《梨花月》曾被《小说选刊》转载，收入“河北新时期文学丛书”的小说卷《四百生灵》（花山文艺出版社 1989 年 10 月出版），并荣获河北省 1982 年“四化建设新人新貌奖”（河北省文艺振兴奖的前身）。

原载《牛城晚报》（2019 年 6 月 22 日）

后　记

从未有过当评论家的梦想，甚至曾这样认为，如果你也写小说，就不要对别人的小说作品说三道四，诗歌亦然。显然这是很幼稚的想法。故本评论集的出版也在意料之外。

集子中收录的大都是 20 世纪 70 年代至 21 世纪初在报刊上发表的文章。当时所写只是工作的需要，做文学期刊编辑时，自然要写一些相关作品的点评，也是读稿心得和用稿的理由，故便有了一些小说和诗歌的评论发表。后来，作协与文联分家，我被安排到文联办公室做了八年行政工作，之后又被安排到文联文艺理论研究室兼管《中国艺术报》驻河北记者站工作。这就不得不把自己的关注点从文学转向艺术，故便有了一些艺术评论。这些评论大都是对本省艺术家的关注，缺少专心研究全国有影响的艺术大家的作品，也缺少了一些时尚的艺术理念。退休后，一些序文跋语，是无法推却的，于是便有了一些应制之作。

表面看，我始终处于被动写作的境遇，实际上，生活现实也不断为我开辟新的艺术视角，丰富自己的艺术见解，变被动为主动，才有了这些文章的陆续发表。本书收录的文章，全是在报刊发表过的，且时空跨度较大，我曾担心一些文章时过境迁、不合时宜，但在整理过程中，却没有发现有当时的跟风迹象，大都是谈论一些基本的艺术规律，虽有些不乏肤浅，但也并无空论，所以便按发表原貌，收入其中。

一些前辈和诗友曾对我的文学作品写过一些评论，他们的艺术成就都比我突出，对此我特珍重，故作为附录收进了集子。

本书的出版得到了申身、封秋昌、宋丕胜、卢水淹、姚小尧等先生、好友的大力支持，故在此一并表示衷心的感谢！

2019年9月19日